食と農と里山 vol.4

手のひらの宇宙 No.8

平野智照 編
18の手のひらの宇宙・人 著

あうん社

花一輪に宇宙があるように
誰の手のひらにも宇宙がある
それは生まれ生かされてきた証

花は一途に咲いて
季節とともによみがえる
人も一途に生きて
記憶をよみがえらせる
この手のひらの宇宙ＢＯＯＫに

食と農と里山 Vol.4　もくじ

カナダ西海岸・ビクトリアでの果実生活……アダメック一美 5
農地を守ることは将来の子や孫の命と暮らしを守ること……今井和夫 15
〝美味しい時間〟のある保育……江川永里子 29
委託・少羽数の庭先養鶏にした理由……川原嵩信 41
都会で堆肥作り……木村幸雄 59
「海の里山」……桐生敏明 71
ドローンスクールで丹波の明日を……笹川一太郎 83
蜂飼いの記……清水谷茂秀 95
無農薬の土づくり・生搾り青汁……鈴木靜夫 109

100年後の子供たちに伝えたい丹波の景色 …… 近兼拓史 131
消滅しつつある地域農業・小農・集落と首都圏の過集中 …… 辻井 博 143
種子法廃止と未来の食を考える …… 東間 徵 159
「丹波王国」が目指す事 …… 野花志郎 173
我が家の台所の一角に …… 婦木克則 195
ゆったりと自然を楽しむ果樹生活 …… 細見眞也 205
本気で農業+ビジネスを、そしてその先へ …… 増田和彦 215
里山は童謡の宝箱 …… もり・けん 227
ついに一揆は不発、2007年「東京百姓一揆ビル」 …… 平野隆彰 249
執筆者一覧 …… 263
あとがき …… 266

カナダ西海岸・ビクトリアでの果実生活

アダメック一美

あだめっく　かずみ
1960年、名古屋市出身。主婦。
22歳で結婚、3児を授かり、33歳で最初の夫を亡くす。子供のおかげで生き延び「ご飯も作るお父さん」業を経た後、41歳で再婚、カナダに移住。主婦業の傍ら、カルチャーショックからの立ち直りを目指すうち、たくさんのスピリチャルカウンセラーさんに出会い「私って誰？」に到達。
With thanks to my husband.
カナダ、ビクトリア在住
kazumiadamek@hotmail.com

ビクトリアは、カナダ西海岸のバンクーバー島の南に位置し、カナダ西海岸では、圧倒的に有名で大きなバンクーバー市を含む、ブリティッシュコロンビア州の州都になります。カナダのイメージを覆すような雪の少ない冬に、湿度の低い美しくさわやかな夏、カナダ中の退職者が退職後に住みたがっていると言われるほどの、気候的にも住みやすい地域です。

そんなビクトリアに住み着いて、この春で十六年を越えました。考えてみるに、なんの予備知識も英語力も無くやってきて、気がつけば当たり前のように生活している自分がとても不思議です。来たばかりのころには、電子辞書なしで買い物にも行けず、品々の前でじっと怪しげに考え込んでいた私が、今では行きつけの数軒のマーケットのセールス品を把握し、新鮮で豊富な食材を享受しているのは、ものすごい成長ではないかと、自分を褒めたくなります。

ビクトリアはヨガの盛んなところでも有名で、健康への意識の高い人が多いと思います。ベジタリアン（菜食主義者）、ビーガン（完全菜食主義者、卵や牛乳も食べない）の住みやすい街で、レストランのメニューも、そういう方たちへのニーズが満たされた形が多いですし、オプションで注文できるところも多いです。ローフード（生食、加工や加熱をしない食べ方）専門のレストランがあったりもします。健康への意識が高いと、必然的に食べ物への関心も高いということですね。そうして、ニーズがあるところには、物も集まってくるわけで、ビクトリアでは、一年中、アメリカ大陸（北米・中米・南米）のいたるところからやってくる、新鮮で豊富な果物と野菜に恵まれています。もちろん、アジアやヨーロッパからもやってきます。

そういう中にあって、ビクトリアンが気温と共に初夏を実感し始めるのが、ベリー類の季節です。始まりは六月頃に出回り始める、小さめで甘酸っぱい、しっかりした味のイチゴ。これが売られ始めると、ファーマーズマーケットに通う季節になります。ラズベリー、ローガンベリー、ブルーベリー、ブラックベリー。

こちらでは、ユーピック（買いたい人が、ほしい分だけ自分で摘む）という制度を取り入れているファームもたくさんあります。自ら摘んで、摘んだ量の重さ分を払うシステムなのですが、摘んであるものを買うよりは少しお値打ちになることで、たくさんの人が利用しています。我が家では、ブルーベリーは、このシステムのファームでお世話になっており、毎年二十キロくらいのブルーベリーを摘ませてもらい、冷凍し、一年中、ジャムにしたり、オートミールに入れたり、マフィンに入れたりして食べております。しかも、このファーム、小さくて、ちょっとドライで、しっかりした味のワイルド種のブルーベリーも育ててくれており、それを大量に保存させてもらっています。

ブラックベリーにいたっては、私にとっては、買うものではなく「散歩中に摘みながら食べるもの」であり、我が家の近辺のみならず、ビクトリアのいたるところに、野生で生えているブラックベリーを見かけます。我が家のヤードにも、勝手に育っているブラックベリーが少しあり、トゲトゲの危険を冒して、時々摘ませてもらっています。夏は、豊富な食べ物を、心も体も実感する季節です。

ベリー類の洪水が終盤に近づき、プラム類、洋ナシ、アプリコットが出回り始めると、夏の盛りを感じます。そうして、いよいよ、りんごが収穫され始めると、夏の終わりがやってきたことを実感し始めます。せみで言うと、ツクツクボーシが鳴き始めた感じでしょうか。まだまだ、暖かさが残りつつ、エネルギーにあふれた季節は過ぎてしまった感じです。自然のたくさん残っているビクトリアでは、自宅の敷地内にフルーツの木を持っている人がとても多く、りんごの木を持ってみえる方も、たくさんいます。果実の成熟期に交流を持った方から、りんごの頂き物があったりするのも、嬉しいものです。


そんな感じで定番になりつつある、我が家の果実生活に、時には新風が巻き起こります。事の起こりは、六年半ほど前に出かけた、ハワイのオアフ島です。車でうろうろしていて迷い込んだのが「ドール・パイナップル農場」。せっかくだから、入ってみようということで、みやげ物コーナーなどを見て回った末に行き着いたのが、取れたてでおいしいパイナップルの試食コーナー。アレルギーの関係で、トロピカルフルーツは避けている私の分も、しっかりと味わっている夫が、熱心にパイナップルのさばき方を説明しているお姉さんと、真剣に向き合っています。なにやら、質問までしています。これは、なにか始まりそうな、いやーな予感。

荷物の関係と税関の関係で、生のパイナップルをお土産には買いませんでしたが、旅行から戻ってすぐに、夫が買い物について参りました。マーケットで売られているパイナップルを見つけ、説明を始めます。どの模様が良いかとか、どんな色が程良く熟しているかとか、「この頭のところを育てれば、成長して実がなる」とか。えっ？　育てるって言った？　誰が？

もちろん、私でした。

いろいろ調べてはみたものの、さすがに入手できる情報は少なく、少ない情報の中で、北緯で言えば、北海道よりも北に位置するビクトリアで、使える情報が、果たしてあるのか。とりあえず、様子を見ながら、お世話をするしかないなあ。パイナップル農場の環境を思い浮かべながら、手探りで始めました。

しょっぱなから、行き詰ったのが、根っこ。パイナップル農場のお姉さんによれば、「上の冠のところを捻るようにむしりとって、水を入れた容器に、とった冠の下についている白い中心部分を、草の部分が触れないくらいに水に浸けて、日の当たる窓際に放置して、何もせずに一週間、ほーら、こんな感じに根が出ます～。そうです、水替えもしないでくださいね～」だったのが、どう考えても根っこの成長より、カビてくる度合いの方が早い。ゆるゆると、使用する土のことを考えようと思っていた私は、あせりました。とりあえず、持っていたジェード用の土に急いで植え込みました。展開からすると、水のやりすぎは禁物だなあ。

急いで救い出された、パイナップルちゃん。それからは、なんとか、順調に育ちます。様子を見ながら、お水をあげて、短い夏にはお外での毎日を楽しみ、冬には暖炉のお世話になり、一年の四分の三は家の中での生活となりました。情報によれば、二年くらいで実がなるはずです。どんどん大きくなって、私たちの居住空間を狭くしているのも、辛抱、辛抱、辛抱。

　辛抱に辛抱を重ねましたが、場所をとって、ギザギザのある葉っぱと、尖った葉先で、私たちを攻撃するのみで、まったく実をつけるそぶりは無く、瞬く間に五年が過ぎました。クリスマスシーズンには、集まる人の安全のために、葉先をトリムされたりしながら、すっかり観葉植物と化した、昨年の九月初旬のことです。

　誰？　パイナップルに、松ぼっくりなんて置いたのは。あ、あれ、おー、きゃー、パイナップルに実がつき始めてる！（写真1）

　まったく予期せず、チェックも怠っていた頃に、突如表れた嬉しい変化です。五年半目にして、やっと実をつけました、パイナップルの長女さん。（さりげに、次女、三女も、すでにいたりする）調べてみれば、収穫までに半年ほどみたいです。もちろん、ここではもっと時間が掛かるでしょう。何とか、無事に育ってほしいなあ。

写真１

そろそろ、いい加減なお世話になりつつあった、あの頃。またまた、お世話に気合が入り始めました。少し育って、小さな紫の花が咲くのを見届けたり、だんだん、茎も持ち上がってきて、パイナップルらしい見栄えになってきたり、可愛い盛りがてんこもり（写真2）でした。

そうして迎えた、クリスマスシーズン。昨年は雪も降ったりなんぞして、美しいホワイトクリスマスでした。我が家の窓辺には、ホワイトクリスマスをぬくぬくと過ごす、パイナップルちゃん（写真3）。雪景色を背景に眺めるパイナップルも、珍しくて乙なものです。暖房の行き届いた生活に、感謝、感謝。

ここで、思いがけぬ問題がありました。私たちは、まさかパイナップルが実をつけるなんて思わずに、二月に二週間も旅行に出かける計画を練ってありました。二週間、暖房なし？　どうしようかしらねえ。そこで、こういうときに知恵の回るうちの夫が活躍します。「そうだ、バスルームの暖房を入れっぱなしにして、そこで、過ごしてもらえば良いよ」と、素晴らしい提案、即、懸案可決。妊婦に優しい私たちは、こうして、高い電気代を覚悟し、重たいパイナップルを暖かい所へセットアップしてから出かけたのでした。

そうこう浮かれているうちに、果実収穫の目安の半年が過

写真２

ぎ、やっぱり、熟すのもゆっくりだね、と見守っていたこの六月、少しづつ色づきに変化が表れ、甘い匂いも漂うようになりました。ここまで来るのに、九ヶ月以上過ぎています。さあ、食べごろを逃さぬうちに、収穫する決意をしなければいけません。大きさは、大きめのバナナの長さくらいです（写真4）。

クリスマス時に、家族に大ウケだった、パイナップルちゃん。子供たちから、収穫時にはぜひ立ち会いたいとの、熱い要望を寄せられておりました。七月に入ったらすぐに、収穫することを決め、参加したい人の都合を調整し、お茶会を開くことにしました。もちろん、小心者の私は、もしやパイナップルが食べられない状態だった時に備え、クッキーやらマフィンやらを用意いたしました。

写真3

集まった、老若男女、総勢十一名。じっと夫の手元を見守る中、とうとう、パイナップルちゃんのカットが始まります。本体からの切り離しに、どよめきと、シャッター音、最初の包丁入れに、どよめきとシャッター音。なぜか、全員（一部の小さいのを除いて）が緊張する中、割れた中身の確認……おーぉ、ちゃんと黄色い！

アレルギーゆえ、自分で味見を出来ないもどかしさを抑えつつ、皆さんの総合評価をまとめた結果「そんなに甘いわけではない、が、ジューシーで、おいしい、パイナップルの味がする」ってことでした。鉢植えのみで育ったわりには上出来ですね。もちろん、あっという間に、完売、ありがとうございます。

カットされたパイナップルちゃんの冠部分は、また、我が家の居間で、他の三個と共に、育っております。これって、私がずっと育て続けるってことでしょうか？

写真４

農地を守ることは将来の子や孫の命と暮らしを守ること

～農業への所得補償によるすべての農地の維持を～

今井和夫

いまい　かずお
1958年　兵庫県明石市に生まれる
1977年　加古川東高校卒業
1981年　慶應義塾大学経済学部卒業
1982～1988年　大阪市立中学校社会科教諭
1989年　兵庫県宍粟市千種町に転居
町営住宅に住み家をセルフビルド
1990年　千種町岩野辺（現在地）に転居。自然養鶏を始める
以来、自然に根ざした暮らし・子育てをし、様々に地域活動もして来たが、近年の農地の耕作放棄の増加を考えるに、国に寄る農業への所得補償制度の実施なしでは農地・農村の維持は不可能と確信する。
2017年から宍粟市市議会議員

1．このままだと孫には必ず食糧危機が

どの地方も同じだと思いますが、私の住むところでも毎年のように耕作放棄田が増えていきます。本当に日本はこのままでいいのでしょうか?

私にも子や孫がいるのですが、この子たちが生きている間に食糧危機は必ず来るのではないかと真剣に思います。どうして、一億二千万人の食料を簡単に外国から買えばよいなんて思えるのでしょう。異常気象の頻発、世界人口の増大、化学肥料と農薬まみれの農業生産……、どう考えても今の状態がずっと続くとは思えません。飢え、餓死、奪い合い、戦争……、そうならない保証は全くないと思います。

そんな悲惨な状況になったとき、孫たちは荒れ果て森になった元・田んぼを見て「誰がこんなことをしたんだ」と怒るでしょう。まさに、今日本に住む我々大人がそれをしようとしているのです。先人が営々と築き守ってきた農地を我々の代だけでつぶしてしまおうとしているのです。

２０１８年9月9日の新聞には、「米大統領　貿易で日本警告　ＦＴＡ～～牛肉など農産物の市場開放を迫る可能性がある。米国から車の高関税を課されるのが日本にとって最悪のシナリオ」と書いてありました。農業がつぶれる方が日本にとって最悪のシナリオじゃないんですか?!もちろん車も大事でしょうが、農業をつぶし国民の食料確保を放棄しても車を売ろうとするこの異常さ。それを異常と思わない日本国民。この異常さ、何とかならないでしょうか。この考え方が地方を、田舎を衰退させている根本原因だと思います。

2．補助金をもらう農業はダメだと思っていた

私は平成元年に兵庫県宍粟市千種町に農業をしに来ました（出身は明石市）。自然養鶏を生業として新規就農で30年やってきました。

私が自然養鶏を選んだ理由の一つは、「補助金をもらう農業はしたくない」というものです。何も知らず「補助金は悪」というマスコミの作った世論を真に受けてました。それで自力で生活できる農業として自然養鶏という『特別な農業』をやって来ました。いわゆる「付加価値を付けて真っ当な値段で（高く）買ってくれる消費者に売る」というものです。

3．ブランド化や特産品では地域は守れない ―― 皆「競争」?!

しかし、このような「特別な農業」では地域は守れないことに気がつきました。地域活性化・耕作放棄田対策として全国でブランド化・特産品作り・六次産業化・輸出……が検討されています。しかし、これらは皆競争です。高い値段で買ってくれる消費者はそんなにはいません。「どこかが成功すればどこかがダメになる」そんな少ない需要の取り合いの競争なのです。例えば「ブランド米競争」。みんな近くで同じことをされたら本音は困るのです。ともに成り立つことができないものです。

また、集落営農も現実は年金で生活できる元気な農家がいることが前提です。その方々が引退すればもう成り立ちません。それはもう目の前に来ています（もちろん、それまではできるだけ

集落化して乗り切るしかないです)。

4．補助金による価格補償・所得補償しかない

では、すべての農地を守るにはどうすればいいのか。それは、若者が当たり前に一生懸命に働けば農業で、田んぼで生活できる価格や所得を補償するしかないのです。それは欧米先進国は皆当たり前にやっていることです。イギリス・フランスの農家の所得は9割が税金です。言わば半公務員です。これを日本でも実施するしか、すべての農地を守る道はありません。

日本のマスコミは、欧米は大規模化できているから農業が成り立つと言いますが、真実は補助金がしっかりしているから農業が成り立っているのです。(下表参照　日本の%が比較的まだ高いのは、農業所得そのものが少ないので補助金の割合が大きくなるのだと思います。)

5．なくなった水稲1・5万円／10ａの所得補償

2009年、民主党政権が基本的にすべての田んぼで、10ａ

	農業所得に占める補助金の割合（2013年）	農家1戸当たりの平均耕作面積（2015年）
日　本	39.1%	2.5ha
アメリカ	35.2%	176ha
フランス	94.7%	59ha
ド イ ツ	69.7%	59ha
イギリス	90.5%	94ha

鈴木宣弘氏（東大院教授）資料、農水省主要指標より

あたり1・5万円の所得補償政策を打ち出しました。しかし、自公政権になりなくなってしまいました。理由は「コメは余っている、関税で守られているから内外価格差はない」などなど。

内外価格差がなく自力でやっていけるのは、日本のごくごく一部の優良農地、平坦な大規模化できる農地だけでしょう。その他の大多数の農地はとても補助金なしでは対抗できません。

また、確かに今、コメは余っていますが、それを作っているのは多くは年金をもらっている65才以上の方々です。つまり、「年金」という補助金があるからやっていけるのです。自力でやっていける人はほとんどいないのが現状です。

6．農林水産業を犠牲にして工業を発展させてきた日本

1955年からの高度成長期以降、日本はめざましく工業を発展させてきました。そして、工業製品をどんどん輸出するようになりました。しかし、貿易は一方的な流れでは成り立ちません。売るためには何かを買わなければなりません。

そこで、農林水産業を犠牲にしてきたのです。小麦、大豆、果物、豚肉、牛肉、乳製品、木材……、どんどんと関税が引き下げられ輸入が増えました。1956年頃に日本から麦と大豆の畑が一斉に消えたと言われています。私は1958年生まれですが、すでに冬の田んぼは遊び場でした。でもその少し前までは麦が作られていたのです。

7．アメリカからの食料輸入圧力

また、アメリカは食料を「第二の武器」と考え、相手国の食料を握ることで影響力をつくる作戦をとります。そのため、農業へ莫大な補助金を出し、大増産します。それを日本に輸入しろと圧力をかけてきました（家畜のエサはその筆頭）。

工業製品輸出のために何かを輸入したい日本、農産物を輸出したいアメリカ。……こうして日本の農林水産業は衰退していきます。

8．また農業と食の安全を犠牲にした今回のTPP11

昨年6月29日に可決されたTPP11もその延長です。相手国の自動車の関税を下げさせる条件として日本への農作物の関税を下げる。今回は特に畜産関係がかなり打撃です。バター・チーズが大幅に輸入されるようになります。酪農は大打撃。牛肉・豚肉も同様です。成長ホルモン入りの牛肉がますます日本中に入ってきます。特に、宍粟市北部でのこれからの産業を考えたとき畜産は非常に大事な分野なのですが、それが難しくなるのです。

しかし、マスコミは「これは農家の問題で、消費者にとっては食費が安くなる」という言い方しかしません。そうでしょうか？

9．全国で3～3.5兆円あれば農業は復活する

民主党の直接所得補償政策も問題はありました。年金をもらっている高齢者にも同様に支給したこと（若者の雇用にすぐにはつながらなかった）。それと、中山間地域では全然、額が足りなかったということです。私のおおよその見聞・体験では中山間地域では10ａあたり平均10万円くらいの所得補償が必要なのではないでしょうか（3ha耕作して300万円の補償。もちろん条件によって違いますが中山間地では平均3haくらいが限界ではないでしょうか）。

それで、全国でいくら必要かと試算してみると、おそらく3～3.5兆円くらいあればできるのではないでしょうか（中山間地だけに10万円／10ａ出すだけなら1兆円も要りません）。国家予算の3～4％、全然不可能な額ではありません。ＥＵでもそのくらいは農業予算に使っています。今、防衛費に毎年約5兆円を使っていますが、食料を他国に依存して何が国防でしょうか（「食料はお金さえ出せばいつでも買える」なんてトボケたことを思っているのは日本だけ～～）。

《所得補償試算の内容》

全国の水田面積　約242万ha（2017年）

①　水田へ　合計2兆3730億円。これで日本中の田んぼは維持できる。

内訳

・全国の中山間地の水田（97万ha）には、10万円／10ａ→約9700億円。

・残りの平地の水田（145万ha）には、3万円／10a→約4350億円。
・今、日本人はあまりコメを食べないので全水田の40％は飼料米にまわす。
そこにはさらに10万円／10a出す（現行は平均8万円）→約9680億円。
② 畑作や畜産にも補助金は必要→約1兆円
③ 合計（①＋②）→3～3.5兆円
※実際には転作で麦や大豆などを作っている所も全部飼料米で計算しています。だから、現実はこれほどは必要ないと思います。
※「こんなに要らない」「もっと要る」等あるでしょうが、あくまで目安として考えてください。実際に実施となれば専門家の緻密な計算が必要です。

10．農林業への所得補償は「現代版の公共事業」

そして、この約3～4兆円によって新たに成り立つ若い農家は、そのおカネを生活費としてそれぞれの地域で使うことになります。そうすれば、もう一度、地元の商店や土建業、他の仕事も復活します。子どもも増えます。

以前、「地方の仕事は土建業」と言われていたとき、毎年10～15兆円が公共事業費として地方に出ていました。だから、地方は元気だったのです。だから、この農林業への直接所得補償は現代版の公共事業です。

11．競争を否定するのではないが基本給は必要

これは競争ではありません。すべての農地、すべての地方が成り立つ道です。競争に勝ったところだけが生き残るのではダメなのです。もちろん、競争も必要です。競争を否定するのではありません。頑張ってより儲ければいい。しかし、それはボーナスです。基本給は保障しないと若者は農業ができません。

補助金を言うと必ず「片や自立してがんばっている農家があるじゃないか。なのに補助金に甘えるのか～」という声が返ってきます。がんばっている農家からもそんな声が聞かれます。でも、そのような「特別な農家」だけではすべての農地は守れないのです。そこを分かっていただきたい。

12．まずは若者を雇用する形から始めれば

今の若者は「農業では生活できない」と小さい時からまわりから言われているので、いきなり10万円／10ａ出すからと言ってもなかなか農業をしようとはしません。ですから、まずは若者を雇用する形から始めるのがいいかもしれません。安定した就職先として示す。そのためにはその受け皿をつくり、そこに同様の補助金をずっと出して安定して雇用してもらう。あるいは、他の地域支援（高齢者ケア・災害・除雪対策等）も含めて、農地を維持管理する公務員として雇用する道もあるでしょう。

しかし、農業として本当に効率がいいのは、機械等を共同利用しながらの家族農業です。ですから、家族農業と雇用農業の両立で進むのがいいのではないでしょうか。

13．夢物語といわれるかもしれないが～

この方法を夢物語という人もいます。では他に方法があるでしょうか。どの地方、どの農地も、すべてきちんと人が住み維持されていく方法が。あるならばぜひ教えてください。皆さん、自分が、あるいは自分の子どもが農業をするとしたらと考えてみてください。

14．人口が減っても美しくずっと続くまちに

これが実現すれば、人口が減っても、（ひょっとすると今の1／3～1／5くらいになるかもしれないけど）、放棄田のない美しく整備された農村が永遠に続くことになるのです。限界集落なんて言葉もなくなります。そこから、少ない人口ながらの新しい形のまちづくりをすればいいのではないでしょうか。

15．あるところから納めてもらう税制改革を

政府にはおカネはありませんが、日本の中、あるところにはおカネは有り余っています（例えば、２０１７年大企業の内部留保は一年で約30兆円増えたそうです）。そこから税金を納めても

らえば、このような農林業への補助金をはじめ、最低賃金アップ、中小企業への助成、子ども手当、医療費補助、介護保険補助、教育費無償化、他、様々なことが実現可能です。消費税増税は格差をさらに大きくする間違った政策です。

16．マスコミは言わない‼

マスコミではこのことはほとんど触れません。意図的と思わざるを得ないほど触れません。おそらくマスコミのスポンサーである輸出大企業が言わせないのでしょう。自分たちの工業製品が輸出しにくくなるから。所得補償をすれば農林水産業が復活することくらい、とっくに分かっているはずです。だって欧米ではどこもやっているのですから。でも言わない……。本当にこのままでは地方は、いや、日本はつぶれてしまいます。

17．五円玉の国になろう‼

１９４９年、今の形の五円玉が作られました。稲穂と海と歯車のデザインです。戦後の荒廃した中で、農業、水産業、工業が共に栄えることを願ったものです。

今のような農林水産業を犠牲にして工業だけを発展させるのではなく、この五円玉の精神に帰って農林水産業と工業が共に栄える。そして「自分の国

の食料は自分の国で作る」そんな当たり前の国になってもらいたいです。

18．動き出していただいた市長・市当局

現宍粟市長もこのことは理解していただき、「農地の維持には農業での若者の生活の安定が大事。まず市でできることとして、第三セクターとしてできている市の農林公社に助成を出し、若い職員を採用してもらおう」と考えておられます。2019年度から数名採用し後継者を育成していく考えだそうです。小さな一歩ですが、偉大な歴史的な一歩のように思います。また、県の市長会等で所得補償のことは提案されているそうで、力強く動いていただいていますが、なかなか簡単には理解が得られないそうです。

19．このことを広めていきたい、市内に、全国に

私はこのことを何とか進めていきたいと思い、2017年4月に市議会議員にならせていただきました。一市議会議員ですが、市・県・国の農政を変えていきたいという思いです。農政を変えるしか、日本の農地を守る道はないのです。

中山間地に住む多くの農家の方は、もうほとんどあきらめておられます。「この田んぼも自分が作れなくなったら終わりや～」と。でも、それは民族の自殺行為。農地は個人のものですが、その価値は個人だけのものではありません。私たち日本に住むすべての人のものなのです。この

先、日本に生まれ来るすべての子どもたちのものなのです。みんなで知恵を出せば必ず守れます。今ならまだ間に合います。でも、このまま10年たつと、もう田んぼに戻せない農地が一杯出てくるでしょう。将来の子や孫に顔向けができません。農地の荒廃は自然現象ではありません。『政治』です。

私たちは分断され、ごく少数の成功者しか成り立たない競争をさせられています。そうではなく、すべての地方がともに成り立つ道を探しましょう。ともに手をつなぎましょう、ともに声を上げましょう。いろんなところと手を結び、行動を起こしましょう。皆さん、お忙しいでしょうが、できることから始めていきませんか。

〝美味しい時間〟のある保育

江川　永里子

えがわ　えりこ
1958年11月　京都市生まれ
神戸市東灘区にて新規開園立ち上げ、初めて園長として「心を満たす保育」「小さいからこそ本物を」を目指す保育に取り組む。その後、日本一待機児童の多い大阪市都島区にて大規模保育園をスタートさせる。8年間で18ヶ園（大阪市、宝塚市、生駒市、神戸市、枚方市）法人内で新規立ち上げに取り組む。卓球においては「応援したくなる選手づくり」をモットーに連続6年！大阪府代表選手を全日本選手権に送り出し、「泣いてしゃがんだら起き上がれない」だから夢中で走り続ける！

おかかのおむすび

朝起きて家族に物音をたてないように支度する
時間割を確かめてランドセルにつめる。カタカタとランドセルの中でおどる
教科書の音、いつも7時半。近くの友人宅に行き、
「よっちゃん行こう!」と声をかける。
「あがってまってて」とよっちゃん。
よっちゃんのおばちゃんはいつも、
「えりちゃん、ご飯食べた?」と聞いてくれる。
「はい、お腹いっぱいです」と答える。
炊き立てのご飯に、けずり鰹三角形のおかかのおむすびを
よっちゃんがパクリっと食べる。
小さい私は空っぽのお腹をおさえて待っている。
こんな毎朝のくり返し。
今、おかかのおむすびを見ると、
あの日のやせ我慢の自分が蘇る。

あの日の小さな見栄っぱりの自分が愛おしい。
そして、おかかのおむすびは、
大嫌い！　と感じて食べずに来た50年がある。
そろそろ、食べてみようかな…。

私の小さい頃の原点は、ここから始まる。
8歳の頃すでに「体裁」「見栄」の芽生え。
素直に「お腹すいた！」と言えずにいた。
完全半面教師……、　息子には、どんなことがあっても手の込んだ
我が子には……　朝ご飯を食べさせてきた。
お袋　↓　胃袋

園長になったら……

自分が園長になったら一番したい事は、「美味しい時間」を大切に過ごすこと。もちろん器は陶器、お箸は南天。

今、認定こども園の園長として、２００名の子ども達と共に毎日給食を食べてる。幼い大切な味覚を育てる時、そして、何より仕事で忙しい保護者の方々を力強く食の面でもサポートしたい。我が園では、カレーライス・ミートボール・スパゲッティ・コロッケなどは6年間提供しない。

年長期の秋、京都百万遍保育園との交流で、「カレーライス」が唯一である。

魚中心のメニューで青魚は週に2回は出る。魚料理においても西京焼きや麹焼きなどひと手間加えている。和え物は野菜中心で旬を大切にしている。

降園時、玄関前の展示食を見ながらの親子の会話では、

「わぁーこんなにおいしいものを沢山たべたんだね……夜は納豆ごはんでいいね……ママも食べたかったわ」など、ほほえましい会話に幸せを感じる瞬間である。

食べものを通しても不思議ではないと思うし、男料理の方がデラックスと感じる時も多い。身体に悪いもの程、食べたくておいしい。

ラーメン、チャーハン、ファーストフード、スイーツ、お菓子　などなど。

時には、心を満たす食も楽しみ楽しみ……、口から食べられる最高の幸せを忘れてはいけな

い。

人の身体は食べ物でできている。とくに幼児期の「食育」はもっとも大切なこと。私はその信念でいまも総合園長をつとめている。

毎年テーマを決めて取り組む

一年目、家で常に食卓にあがるものは提供しないという志のもとで始める。カレーライス・ミートボール・コロッケ・スパゲッティ・うどん。そして魚中心メニュー、和食中心メニューを中心に行う。西京焼き・ねぎみそ焼き・塩焼き・南蛮漬け・ねぎマヨ焼き・カレームニエル・味噌煮・香草焼き・特に青魚を週に一回の頻度で提供することを心掛ける。

二年目、グローバルな時代を生きる子どもたちにとって、お箸を握るような感覚でフォーク・ナイ

食育

一、お腹がすくリズムがある。

一、誰かと一緒におしゃべりしながら楽しく食べる。

一、身体に良いものかどうか？考えながら食べる。

一、器も楽しみ、マナーも美しく食べる。

一、自分で育てる事を楽しみながら食べる工夫をする。

食べる姿は、家庭が出ると言われる。日本はお箸の国だから作法も肝心である。幼な子達には、今、おいしい時間を頂く事に感謝する事を伝えたい。食べる力！　生きる力！　である事を幸せを…

フを抵抗なく使えるように献立の工夫をする。家庭においては、土曜日はチャーハン、うどんなどの一品メニューに偏ることが多い。しかし土曜保育が必要な子に関しては保護者の仕事を考え、より楽しいメニューの工夫を行った。例えば中華メニューなど平日に出ない楽しみを作った。陶器の器、南天のお箸など食器にも工夫をした。その中で都市型である保育園において屋上園庭は絶好のスペースである。「ピクニックごっこ」「屋台ごっこ」「バーベキュー」など太陽のもとでの「食」を楽しむ時間を加えた。

日本食を中心に進めてきた四年間を終え、五年目の挑戦は、地球儀をおいて世界への料理へとチャレンジを進めた。メニューは「ラタトゥイユ（フランス）」「フォカッチャ（イタリア）」など子どもたちにも大好評であった。

牛乳取りやめに代えて

六年目、牛乳の取り止めを開園からずっと考えていた。しかしながら、その根拠が保護者にとって納得いくものでいけないと考え、牧場に足を運んだ。

実際に牛が食べている餌は非常に劣悪な状態で、その劣悪な餌を食べている牛の乳というものの品質に関して非常に疑問を感じた。また、日本人の腸は三分の一の人しか牛の乳を消化できないという学会発表も聞いた。その中で六年目ようやく牛乳取り止めということを保護者に伝え、納得して頂き牛乳取り止めということにした。思っていたよりも牛乳取り止めに関しては、保護者からも大きな賛同を得て「牛乳神話に関しては同じ考えでいました」という勇気をもらう意見もたくさんもらうことが出来、スムーズなスタートをきることが出来た。

牛乳を取り止めるに当たり、牛乳を補うというカルシウム、子どもにおいては一日六〇〇ミリグラムのカルシウムが必要であるが、その三分の一である給食の摂取量二〇〇ミリグラムがしっかりと摂取出来るようなメニューに置き換えた。

例えば納豆を代表するような大豆メニュー・小松菜・ちりめんじゃこ・その他の魚をとおしたカルシウムなどのメニューは、今までのメニューとはうって変わってカルシウムの摂りやすい食材をたくさん用いることになる。その為に生まれた予想外の効果はビタミンB2、鉄分においては今までの献立では考えられなかった栄養素を摂ることが出来た。

アレルギー対策とタンパク質

六年目に牛乳を取り止めた時、同じように卵に関しても取りやめた。これは卵と牛乳のアレルギーが六人に一人というように非常に多い割合になってきている現代において、食べ違い、拾い食べ等特に小さな子どもたちにおいてはアレルギー児にミスが起こらない為にもなかよし給食という形で、皆が同じものを食べることによって楽しい時間にするという形に置き換えた。

卵を止めることによってタンパク質を何で摂るかということを考えた。魚はもとより豚肉その他の食材、レバー等を入れるようにし、ここにおいても鉄分が強化されることになった。一年目、二年目、三年目、四年目、五年目、六年目の積み重ねは、大きな「食」の基礎を築くことになった。

七年目からは食べる事に対して、基礎作りが出来た上でもっと楽しく夢のある時間を過ごすということで、「物語メニュー」の提案をした。子ども達は毎日五冊以上の絵本を聞いており、日本昔話、また、世界名作などを

認定こども園 東野田ちどり保育園 『食』の挑戦！

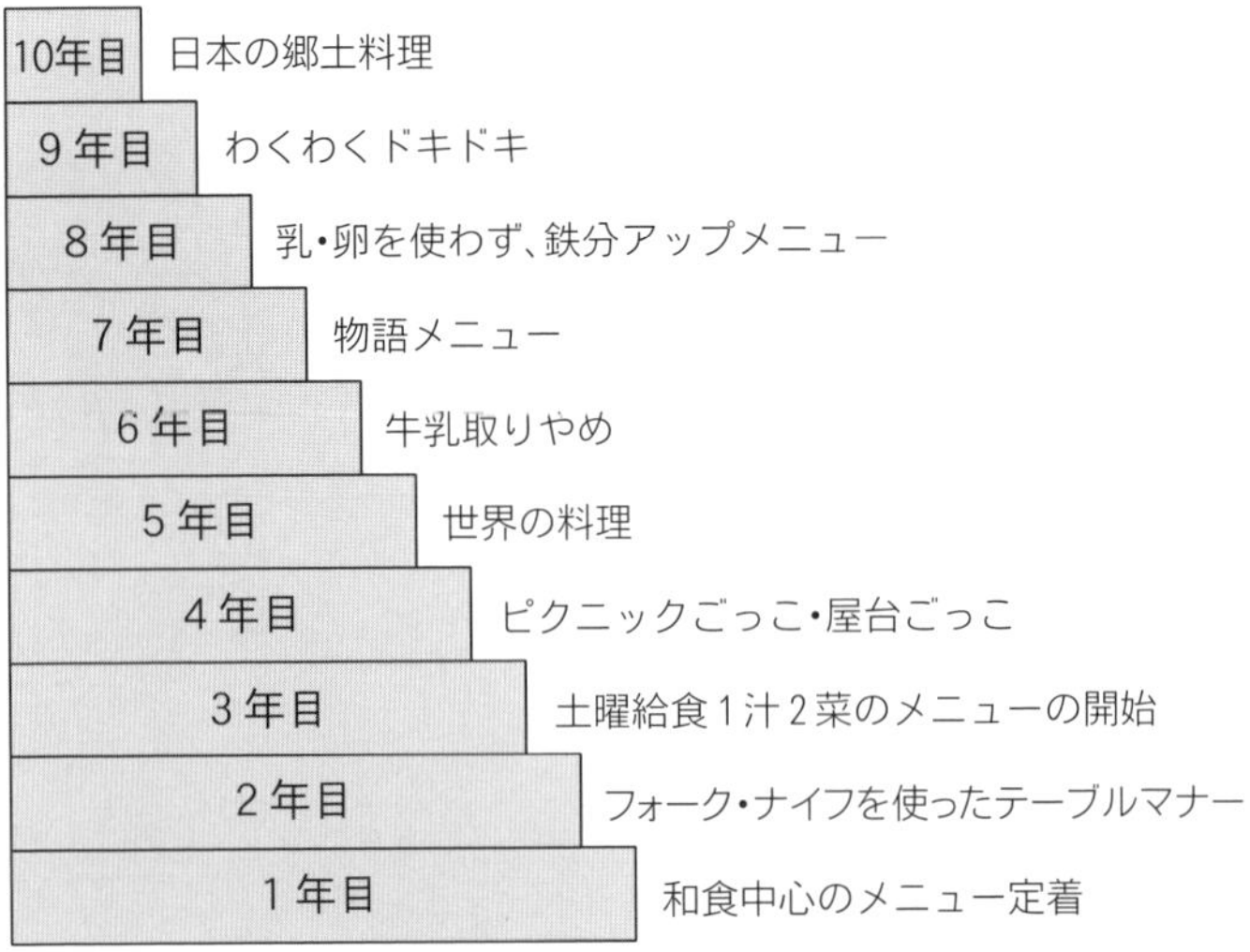

聞いてその中の物語を入れた献立をすることにより絵本と食べ物との調和の中で、楽しく食べることを行なった。この物語メニューの例を挙げておきます。「はらぺこあおむし」「スイミー」「おおきなかぶ」「ぐるんぱのようちえん」など世界の名作をメニューに取り入れた。

八年目に関しては卵・乳を使わないなかよし給食が定着し始め、さらに鉄分アップメニューということで、メニューの内容を見直した。

九年目、ワクワク・ドキドキメニュー。こちらに関しては「福笑い寿司」「金魚すくいゼリー」「黒豆寿司」「イカスミ汁」のようなメニューでさらに食べることが楽しみに繋がるような企画を行なった。

日本の郷土料理で日本文化も

昨年は食の挑戦を続けて十年目の秋を迎えたことで、もう一度我々が日本人であるということを見直した。日本の郷土料理、日本列島の地図を見ながら、北から南の沖縄まで日本の郷土料理について献立を組み直し、さらに日本文化というものを同時に伝えている。毎年一月十七日は阪神淡路大震災を忘れない為に、災害メニューを提供している。

食べることは生きる力になり、そしてまた食べることによって生まれる人と人との話し合い・人と人との触れ合い・食べる美味しい顔。そんな素敵な笑顔の中で始まる素敵な給食の時間。私が一番感じることは四月に入学した子どもたちが、新しいランドセルを背負って一年生の姿を見せてくれる。その時、どの子も口を揃えていうことは「給食が保育園は一番美味しかった」という言葉を必ず皆が言ってくれる。いかにこの大切な0歳から六歳までの味・味覚そしてマナー・文化を、食べることによって子ども達が学ぶことがあまりにも多いかを痛感している。

昨年は食育・十年目を迎え、地域にも東野田ちどり保育園は本当に美味しいものを追求している園であるということが行き渡り、帰りの時間の展示食においてはこんな風な会話がよく聞かれる。

「ママ、これとこれを今日食べたよ」『美味しそうだね、こんなに食べたのだったら夜は納豆ご飯でいいか』『お母さんも一緒に食べたいよ』のような笑顔が溢れるような会話がよく聞かれる。

お母さん達も展示食には日頃食卓にあがらないような一手間加えたメニューが置いてあることが非常に毎日の楽しみであるという風に聞いている。また、平成時代の保育士が一年を通して仕事をすることが非常に難しくなっている時代において東野田ちどり保育園は非常に離職率の低い保育園である。

日本一の給食提供を目標に

精神科の研究によると鬱病がタンパク質の不足というような学会報告も出ている。私たちはこの職場においてバランスの良い栄養を満たしてくれる給食を食べることによって、職員も活気ある仕事が出来、鬱病になることなくしっかりと自分の保育のやりがい・保育という難しさ・保育という奥の深さ、そして保護者対応という人と人との触れ合い。自分の使命を果たしていく中で食べることは、大きな力になっていると思う。

私自身も息子がいる中で我が子にしてあげられることは、今は胃袋を満たすことであるということを痛感している。もっと日本人が一人一人生きるということが食べるということにどれくらい繋がっているかという事を今一度考える時期ではないかと思う。

旬の食材からは季節の移り変わりやその旬の力をもらうことが出来る。またロマンのある郷土料理や世界の料理からは歴史というものを学ぶことも出来る。

たった一つの食べ物から多くのことを子どもたちに伝え、そして子どもたちが修了証書をもらって卒園式を終えた後、いつかあんなことを教えてもらったなというような食べることに対しての思い出が一つでも二つでも多く残っていることを期待し、今後とも日本の郷土料理を通して歴史・文化、そしておいしい毎日を得ていきたいという風に考える。

卓球大会では、毎年上位の成績をあげている東野田ちどり保育園の名は、今や全国にとどろいている。卓球の成果に負けず、日本一の給食提供を目標に、日本一の優しさと強さと、そして何よりも、自分の身体に良い食べ物を食べる力を持った子どもを育てる園として、さらに職員一同努力して給食の時間を楽しく過ごしたいと思う。

委託・少羽数の庭先養鶏にした理由

川原嵩信

かわはら　たかのぶ
1968年鳥取県米子市出身。本名：隆信
サテライツ 株式会社　代表取締役。
2009年「農～食～健康を数珠つなぎに問題解決したい」という思いで創業。鹿児島県曽於市の庭先で遊んでいる鶏の卵を主軸に、人の身体に寄り添う食品の研究・企画開発・製造・販売と庭先養鶏を営む。

アイターン

12年前、東京でサラリーマンをしていたわたしは、そもそも鹿児島で暮らす予定も、起業する予定もありませんでした。きっかけは、大隅半島が郷里だった父親に呼ばれたからです。

精神科の医師だった父は、大学を定年退職後に一念発起して故郷の近くに心療内科の統合クリニックを開業しました。ところが開業に前後して進行性のスキルス性胃ガンに罹患、余命宣告を受けました。

病気を抱え一縷の望みにすがるように自分が治療を受けながら、地域で初の心療内科専門クリニックに訪れるたくさんの患者さんを診察し、慣れない経営にまで命を削りながら打ち込んでいる父の姿を見たことで、いわゆる親不孝の権化だったわたしも「こうなったら親父が生きている間は側で支える他ないだろう」と観念したからです。

「医は食に、食は農に、農は自然に学べ」

父が開設したクリニックは、基本の伝統的西洋医療の精神医療に加え、本人のライフワークであった内観療法（非投薬の精神療法）をはじめとして家族療法、食事療法などを組み込んだ、包括的な視野による統合医療の診療所でした。

噂が噂を呼び、毎日県内外からの患者さんが訪れ、人という人で溢れかえっていました。わたしは患者さんとそれをケアする職員としてよもやまをマネージメントするという立ち位置で働いていました。そんな日々の業務のなかで強烈な衝撃をうけたのは、「もう生きるのがつらすぎる、死にたい、死んで楽になりたい」と死への願望を繰り返していらしたような患者さんのほとんどが　睡眠、人間関係、食といった日常の諸要素が整うことによって、治って元気になり社会に復帰されていったことです。その中でも「食」が、なんだかとても大きな要素だということが、日常目の前で起こる出来事を通して伝わってきました。

「医は食に、食は農に、農は自然に学べ」という言葉があります。クリニックでは多くのエネルギーを注いで患者さんに提供する米、野菜を全て無農薬で揃えたうえに、新鮮な魚、良い飼い方をしている家畜の肉、それと非常に安全な水を提供していました。

給食会社さんの骨身を削る努力もあって「これまで病院食とは不味いものだと思っていました。しかし！　ここのご飯は本当に美味しい！　ありがとう！」という声を毎日のように多くの入院患者さんからお声を頂戴していました。スタッフたちも「うちは賄いが美味しいですよね」とよく言ってくれていました。

父の死で閉院、そして残務整理

開業から2年たち、一時は快方に向かっていた父の病が進み、最初の余命宣告からそう時を違わずして亡くなりました。それまでの医院の経営は非常に順調でしたが、こうなってしまったら頭を切り落とされて走り回る鶏と同じです。

父の死後もなんとかしてクリニックを継続できるようにと、私はこの仕事をはじめたころから日本全国を走り回っていましたが、ちょうど研修医制度がおおきく変わった時期で、後を継いで管理者に収まってくれるような医師は見つからず、やむなくクリニックを閉じることにしました。患者さんには他の医院に移っていただき、職員全員を解雇しました。

開院から2年でまだほぼ新品の建物は、毎日最低でも百名くらいの人が行き来していましたが、閉院したその日から、がらんとなりました。

わたしは飼い犬（セラピー犬）一匹だけを連れて残務整理にとりかかりました。その仕事をしながら「この残務整理が終わったら何をしようか？」「東京に戻って転職しようか？できるだろうか」「それとも自分の手でなにかを始めようか？できるだろうか？」「それでも始めるなら一体、何をするのか？」

「どこでするのか？」「何を売るのか？」と延々と自問するようになっていきました。

起業――農から食へのソリューション

永遠に洞穴の中にいるように感じる残務整理をしながらぼんやりと、

「ああ、おれ来年40だな。いい加減そろそろライフワークきめないとやばいよな。いろいろやってきたけど特に何も実現してねえな。何を実現させたいんだっけ?」

「金か? 贅沢な生活か? それもいいけどそれだけじゃないような気がするよな。おれができそうなことで人の役に立てることはなんだっけ?」

「人の健康は食だよな。食は農業だよな。そういえばこの畑の野菜でたくさんのひとが元気になったよな」

「土作りが大切だってあの無農薬野菜の生産者さんが言ってたよな」「よくわからないけど、健康~食~農~自然 というつながりを具現化できたら何かになりそうだな」

そんな自問自答を繰り返した結果、農と食と人の健康を数珠つなぎにして問題解決する「農から食へのソリューション」をテーマに事業をはじめることにしました。

わたしは「父の病がよくなり、医院の経営の基礎を作ったら将来は東京に戻る」と家族には伝えており、2008年の春にはその準備のために非常に先端的な技術を生み出しているイスラエルに赴き、開発者から難病治療用の歩行補助デバイスなどを仕入れ、販売の準備も進めていたのです。しかし、クリニックの閉院の仕事に追われそれどころではなくなり、やむなく中止したということもありました。

全く新しい農~食~健康の仕事をはじめるにあたり、クリニックも医療法人も統合医療研究所も財産も現金もなくなっていましたが、唯一残っていたのは、稼働可能な法人（株式会社サテライツ）でした。登記だけ済ませ休眠させていたその法人を立ち上げることにしたのです。

当時、自分ひとりで書いた会社の経営理念はこうです。

「株式会社サテライツは、未来からやってきたソリューションにより、人と地球環境の育成・再生を促進し、苦痛を軽減する農業・食育・統合医療関連の事業を展開します。そして人類の苦痛を現在から1%軽減したとの充分な評価及び自己認識を得た暁には、別途定める手続きを経て発展的に解散します」

今見ても我ながら大風呂敷の極みです。しかし当時は「起業ハイ」になっていたとはいえ、概ねいまでも大筋このときの思いは変わっていません。

土つくりの提案から山中放牧養鶏へ

立ち上げた会社で具体的になにをするかは、そのときは何も決めていませんでした。創業当初、土壌改良のための微生物資材をいくつか仕入れ営業しました。農から食をつなぐにはなんといっても土作りだからです。

そういった商品を、お茶や芋などをつくる農家さんに営業をかけていたのですが、なかなか買ってもらえませんでした。良いものなのになぜなかなか採用されないのだろうとおもっていたころ、営業先の生産者さんに次のようなことを言われました。

『除草剤、農薬をまかずにふかふかの土地をつくり、良い作物をつくりつづける』というあなたの提案はたしかに斬新で魅力的だ。実に素晴らしい。だったら、もしもおれが今使っている土壊改良剤をやめて、あなたの商品を採用したら、畑の作物をずっと買い続けてくれるかな？　最初の年だけではない、ずっとだよ。できるかい？」

一見無茶苦茶な論理にもみえましたが、その言葉でわたしは、生産者が対峙する環境を垣間みると同時に、それまでの自分の覚悟の半端さを思い知らされました。そしてこれをきっかけに自分自身の手で農業・畜産をやってみようと思うようになりました。ちょうどそのころ友人が「曽於市の山の中の養豚をやっていた人が最近やめて、土地の借り手を探している。見に行かないか？」と誘ってくれたのでした。

畜産の中から牛か豚か鶏のどれかをやろうと考えていました。鶏と決めたのは、諸事情により結局実現しなかったのですが、当時は事業の一環として就労支援施設の運営を考えていたからでした。ハンディを背負った人たちに働いてもらうのには、万が一事故が起こっても、命をとられたり大怪我をしないのは常識的に考えて牛、豚よりも鶏だったからです。ただし、念のために付け加えると、鶏のあつかいにも常に危険は伴い、

絶対に安全ということはありません。鶏もつまるところ人間とは違う種なので、くちばしでつつかれた傷がもとで破傷風になる人もいます。

鶏を飼うことに決めたので、それまで養豚小屋だった設備を鶏小屋に改造しました。ひと夏かけて人の手も機械も借りて木を引っこ抜き、草を払い、集めてきた柱や板を集めて、吹きさらしだった養豚小屋を外から獣が侵入できない鶏小屋に改造し250羽の雛鶏を入れました。

メインの餌はオカラとぬか、くず米を発酵させたものを主原料にしてたくさんの野草を刈りました。オカラは毎朝、豆腐屋さんで頂いていました。コンクリートブロックくらい巨大で美味しすぎる豆腐を売り続ける地域の有名店ですが、今にいたるまでほぼ毎日おからを供給してくださいます。

ある方がたくさんの鶏と一緒に雄山羊をくれました。鶏は群れに合流させ、雄山羊は雑草管理と獣への威嚇のために放し飼いとしました。セラピー犬は牧羊犬だったので、毎日鶏を外から小屋に追い戻す重要な仕事に才能を大いに発揮してくれました。時々私の目を盗んで隠れて鶏を食べてはいましたが、雨の日も台風の日も、毎日毎日どこまでも付き合ってくれました。

愛犬の首を落とす悪夢

当初、鶏たちはぐんぐんと緑餌と虫、ミミズのたくさん生息する鹿児島県曽於市月野の山中で成長していきました。

自分の学んできた発酵技術、堆肥の技術も取り入れました。鶏糞は堆肥として利用することができます。山の中で草や虫を食べ放題ついばむ鶏の肉は大変好評で、私は自分の手で鶏を屠畜し、全国の個人やレストランに出荷しはじめました。「よし、これで行くぞ」と思っていました。

セラピー犬は養鶏をはじめてから常に行動を共にして、鶏を捌いて食肉に加工するときも一緒でした（ただし外につないでいました）。鶏の頭はセラピー犬の大好物でしたので、私が鶏を捌いた後、ごちそうにありつけるのが彼女の楽しみでした。

このままいけそうだと思いはじめていたころ、夢を繰り返し見るようになりました。それはセラピー犬を鶏とまちがって屠殺するという悪夢でした。

「出荷が鬼のように忙しい。鶏を何羽も吊るして順番にどんどん頸動脈を切り、処理して肉にしている。最後に鶏と間違えてセラピー犬の首を切ってしまった。血がどくどく出る、もう助からない、いっそ食うしかない。おいおい泣きながら解体して鍋にして食った。不味い、不味い、非常に不味い。食えない。鍋を捨てるしかない。鍋をぶちまけてさらに泣きわめく。愛犬を自分の手で殺してしまった」

その夢がどうしても止まらないので、とうとう私は自分の飼う鶏を肉にするのを止めてしまいました。すると不思議とぴったりと夢を見なくなりました。

卵の生産に切り替える

鶏の屠畜はやめたので、屠畜できない鶏を家畜として活かすには卵です。卵の出荷を始めました。肉の場合と同じように、山の中で自然放牧した鶏の卵は非常によいものができます。養鶏をはじめるときに「鶏は氏《うじ》より育ち」という言葉を習いました。「どんな品種かよりも、どのような環境で育っているかが、肉や卵の品質を決める」という意味です。英語で〝You are what you eat〟（人は食によって決まる）という言葉があるのですが、まさにその通りでした。特に卵は食べたものの影響が翌々日には卵の成分に影響します。

わかりやすい例として、あるときニンニクの葉と茎が大量に余ったので、滋養強壮のためにも鶏に与えたところ喜んで食べました。これは素晴らしいとおもっていたら、２日後には卵がニンニク臭くなり、お客様から苦情を頂いたので回収しなくてはなりませんでした。

「陸の孤島マヨネーズ」を商品化

「コストはかかるが良い商品をつくり、都市圏を中心としたお客様にアプローチする」という考え方は、食肉の生産をやめたときに崩れ去りました。鶏肉は冷凍すれば宅配しても問題なかったですが、鶏卵は当時わたしの梱包技術が未熟で運送中にすぐに割れ、通販には全く不向きでした。だから、このとき一度、卵の通販を断念しました。代わりに卵を道の駅に並べ始めましたが売れず、当初は毎日廃棄でした。セラピー犬と一緒にやけ食いしたり、しまいには古くなった卵を山に投げつけたりしてうさばらしをしました。

それで本当に困っていたところ、商工会議所が紹介してくれた農と食の開発で著名な先生が添加物フリーのマヨネーズ製造を教えてくださいました。先生は初心者のわたしに生産者・事業者の心得を説いてくれ、「あなたの希少なたまごの価値を、マヨネーズにして全国のお客さまにおとどけするんだ」と励ましてくれました。わたしは必要な場所と道具を確保し「どうせやるなら段違いのマヨネーズをつくってやろう」と卵以外の材料も自分なりに工夫して「陸の孤島マヨネーズ」と命名し製造販売を開始しました。

応援してくれる方々から「ネガティブな連想をさせるネーミングはダメ、絶対！」「もっとましな名前はなかったのか？」などの苦言を頂戴しました。確かにおおいに一理あるなとは思いましたが、それでも変更する気にならなかっ

たのは、その名前こそが自分が感じるリアルな世界をもっとも表したものだと当時思っていたからでした。「リアル」というのは、大隅半島という地域はJRの路線が昭和の終わりに廃止された交通の便が悪い「陸の孤島」なのですが、まさにわたしの農場が携帯すら繋がらない山の中だったからです。

このマヨネーズをいくつかのコンクールにエントリーしたところ、幸運なことに一年ごとに何かの賞を受賞し、そのうちにTVや新聞の取材も来るようになり、とりあえずは少し知名度も広がり、さらに今につながる知己も新たに得ることができました。

山中から庭先へ

山の中は自然にあふれているので栄養的には最高の緑餌や虫、ミミズなどを与えることができます。ところが、時がたつにつれ山の獣の害がどんどんひどくなっていきました。たぬき、いたち、穴熊などの獣が、厳重な柵をかいくぐって養鶏場に侵入し、鶏を捕食するようになりました。それまでわたしが食肉にしていたよりも早いスピードで、鶏たちは獣の餌になっていきました。わたしの養鶏は、獣たちに捧げるために鶏を飼う様相を呈してゆきました。そうして鶏は卵を産まなくなっていきました。

「人間の活動に悪影響を及ぼす獣を害獣と呼ぶのは人間の都合ではないか」という意見があります。その気持ちはわかります。わたしも以前はそう思っていました。しかしながら、人間は植物や動物から栄養を摂取することなしには生命を維持できません。技術革新により人類が飢餓を克服したように見えるのですが、実は食料をめぐる他の種との利害関係が根本的に変わったわけではなく、人間にとって家畜である鶏を殺戮するたぬき、いたち、田んぼや畑を荒らしてしまうイノシシたちと、どう対峙するか方法は分かれるにせよ、一旦は〝害獣〟と呼ばないと何も始まらないと思うのです。

この害獣被害に悩んでいた時期、改めて自分の住む鹿児島県曽於市の環境を見渡すと、人が住む集落の庭も山の中と同じくらいの自然があふれています。そもそも鹿児島は昔から伝統的に養鶏が盛んですが、特に曽於市では「ひと昔前までどこの家でも鶏を飼っていた」という土地柄です。

本来、鶏は猿や犬のように群れを作って生きる生物で、通常ボスのオス鶏を中心にして30〜50羽で自分たちのコミュニティーを作り生活をします。30羽〜50羽が実は鶏の群れにとっては最適な規模なのです。

庭先で少羽数の養鶏を委託する

マヨネーズ製造をはじめたときに、わたしは自宅兼マヨネーズ製造室を備えた曽於市の物件に移り住んでおり、養鶏についてもお向かいさんからたくさんのサポートをいただいていました。

そんな環境だったので手元で暮らす鶏を群れごとに区分し、それぞれのご自宅の庭先で飼養していただき、その卵を買い取ろう。もちろん自分でも鶏を育て卵を採卵するが、それを地域の方達と一緒にやろうと考え、山中の放牧養鶏を捨てて、曽於市の里、自宅のそばにオフィス兼出荷場兼養鶏スペースとしてＪＡの建物を借りました。こうして全国で初めて委託型少羽数庭先養鶏がスタートしました。

当初より生産効率、経済性の悪い少羽数養鶏です。ましてや一部とはいえ殺処分のない終生飼育を行うことには多くの厳しいご意見がありました。しかし、鶏の身体はエサや水以外に、光や風や土や太陽などの自然、そして群れの中で人のそばで暮らす安心からできており、だから卵もエサ以外の自然と群れに守られて誕生するものだと考えたので、なかなか厳しいところをこれまで継続してきました。

今、私の庭では今年9歳になる「長老」と呼んでいるメス鶏と、ボス鶏まで上り詰めて廃鶏直前にもらい受けた8歳のオス鶏が群れを統率しています。このオス鶏は、ここ数年ボスの位置を維持していますので、腕力以外に相当な尊敬を持たれているのではないでしょうか。長老のメス鶏は食事、遊び、産卵時など、常にオス鶏に周りを守られての生活を送っています。

死を免れた鶏たちが時間をかけて築いた彼らの鶏社会を見ると、彼らと我々人間との世界には犯すことのできない結界が存在し、そこを尊重していくべきだと思うようになりました。

弊社のなま卵商品「マイナスイチドシー（氷温熟成卵）」と「よんじゅうにドシー（産みたてなま卵）」は卵の形のまわりを四角の枠で囲ったようなデザインになっていますが、この囲いは、まさにその人と鶏の間にある結界を表現したものです。

養鶏というそれまで考えもしなかった人生を開いてみて、私はもう一度この世に生を授かったような眼差しで鶏と卵と消費者をみるようになりました。

終生飼育をつらぬく

地球上では人間は食物連鎖の頂点に立ちます。雑食性である人間は、人とは種の異なる様々な食物を口にしながら現在まで生命を維持してきました。しかし特に昨今の人間は見た目や嗜好に左右される中で食べ物に対する畏れを失いかけている時代を自ら築き始めているようです。

どんなに頑張っても人間が鶏に変身することが出来ない以上、人間は鶏の飼育方法を憶測の世界で進められているのではないかと思います。鶏に限らず生物の未知な部分は、私たちが口にするすべての食材にもあり、科学が解明できていない領域がはるかに多いことを決して忘れてはいけません。

誤って飼い犬を殺めてしまう悪夢をみたことがきっかけで、鶏を殺さない終生飼育を目指すようになりましたが、今思えばその夢は、それまでの自分自身に対する戸惑いが起因する一種の怖れでありました。そして、経営者として終生飼育へ足を踏み入れた本当の動機は、生産者は人の命を担保しなければいけないという、生命そのものへの畏れからでした。

特に、タンパク質が豊富な卵が、その母体から悪い影響を受ければ、人間にとって良くない方向でタンパク質の変性が起きる可能性を排除できません。その不安を軽減するために経済性と生産性を手放し、少羽数、終生飼育という養鶏方法を選択することになりました。

とはいうものの、そのような環境の中で私と彼らの生活を維持しなければ共倒れになることは明白です。そこでいろいろと思案した末に、1日に1万～1万5千回地面や草を突つき、探索やエサを探して過す彼らの習性を活かすことにしました。すなわち、彼らに農場の除草を手伝ってもらうのです。彼らの本能のおかげで、無農薬野菜の栽培に取り組める土地が準備が出来るところまで来ました。

これからの展望は

現在（平成30年11月）、弊社の養鶏場（500坪、43羽）の他に、養鶏の委託は7名の方々のご協力を頂いています。そこで集卵したなま卵を、日本で初めて氷点下の中で熟成させ高鮮度を保持しながらうま味の増した「氷温熟成なま卵」と、その加工を施していないなま卵の2タイプを全国に通信販売しています。卵の破損を防ぐために色々な工夫も施しました。

「農家で生まれた卵を食べたい」という消費者ニーズは以前からありましたが、少羽数による庭先養鶏の卵を集めて全国に販売できているのは、今のところ弊社だけのようで、「ずっと探していた」というお声を随分いただいております。

養鶏に携わり7年が過ぎ、今も経済的に豊かな生活には縁がありませんが、私には夢があり今後この庭先養鶏の担い手に子供や学生、子育て中の親などが参加する新しい養鶏のスタイルを全国に広げていきたいと考えています。庭先養鶏の仲間も近所を中心にこれからも増えそうです。

これまで私の中に地下水のように常に流れている思いがあります。この国の将来に向け、やがて羽ばたいていく子供たちのことをかんがえると、その大切な体にエラーが起きぬよう、卵を提供する生産者として畏れを忘れず心して食品の生産に努めたいと考えております。

いつの間にこの事業体であるサテライツの中に芽生え

た母性のようなものは、鶏が我々に投げ刺したものが着床し、次第に育ってきた意識かもしれません。わたしは自分の母の強さを知っているので、数名の社員や数多くの支えてくださる方たちのお力添えをいただきながら、これを更に育んでいけるものだと確信しているこの頃です。

都会で堆肥作り

木村幸雄

きむら　ゆきお
1939年愛媛県で生まれ。中学卒業と同時に上阪、洋服の修業を積み、1970年結婚と同時に洋服店を開業。

61歳で退職後大阪府立園芸高校に入学、課外で植物残渣を堆肥化する技術を学び、資源の有効活用や地球環境に関心を持つ。

卒業後「菜の花プロジェクトみのお」に入会、菜の花を通して資源の循環をはかる活動をする中で堆肥化の普及活動を行い現在に至る。

環境コーディネーター・グリーンコーディネーター、塚本老人会会長

中津川と中島水道に挟まれた三角地帯

私の住んでいるところは淀川の北岸に面した十三《じゅうそう》の西隣に位置する塚本という都会の町です。淀川の堤防に上がって大阪方面を見るとビル群が指呼の間に見えます。淀川開削前には旭区毛馬のあたりで淀川本流と別れて西に向かう支流の中津川があり、塚本の北側を迂回するような形で今の此花《このはな》区の方に南下し、安治《やじ》川（旧淀川本流）に合流していました。その中津川の南側に位置する塚本村が現在の淀川区塚本の元で、明治42年（１９０９）に淀川が開削されるまでは国鉄線路沿いに大阪まで歩いて行けました。

中津川は昔から神崎川と共に川底が浅く、少しの増水でも溢れた水が村々を水浸しにして住人はこの水を吐かすために中島大水道という東淀川区淡路から淀川区、西淀川区を繋ぐ９kmに上る水路の大工事を、江戸時代に住民の力で成し遂げたことが記録に残っています。その大水道跡が今道路や遊歩道になって地域住民のために貢献しています。

旧中津川と中島大水道が塚本の北側で大接近して、また離れて行くその間に挟まれた三角地帯に植えられた木々が都会では珍しく、今大木となって夏には木蔭を作り、秋には沢山の落ち葉を落とします。その林は幅10ｍ、長さ３００ｍ程で西端はＪＲ神戸線に隣接していて、そこに私が行なっている堆肥作りの施設があります。都会でなぜ堆肥作りをするのか不思議に思われるでしょうが、ここに至る私の約15年の活動についてお話させていただきたいと思います。

62歳の高校生

私は昭和14年愛媛県新居浜に生まれました。戦後の混乱期に中学校を卒業すると直ぐ就職をしなければならない家庭環境にあり、縫工所の見習いとして大阪に参りました。

15年後に独立して洋服仕立屋を開業し、塚本に住むようになりました。それから30年、趣味として園芸などを楽しんでいましたが、園芸をもっと専門的に習得したいとの思いが強くなり、中卒という頭から離れない引け目感も相まって高校に行く決心をし、妻に打ち明けると「偉いねえ、頑張って！」と励ましてくれたのに力を得て大阪府立園芸高校を受験しました

翌年4月全日制の高校生となり、15、16歳の若い学生と席を並べ、学科に実習に3年間の学生生活をエンジョイしましたが、高校の農場の一角に草抜きをした残渣の集積場があり、私が1年生に入学して以来それが1度も手を加えられることなく山ほど積み上げられているのを疑問に思い、先生に「この草はどうするのですか？」と尋ねますと、

「以前は焼いていたのですが、今は周りに家が立て込んで煙を出すことが出来なくなったので、方策を考えているところです」との返事でした。

学校で堆肥作りプロジェクト

しかし2年以上もそのままにして考え中というのも腑に落ちないので、2年生の4月に大阪農

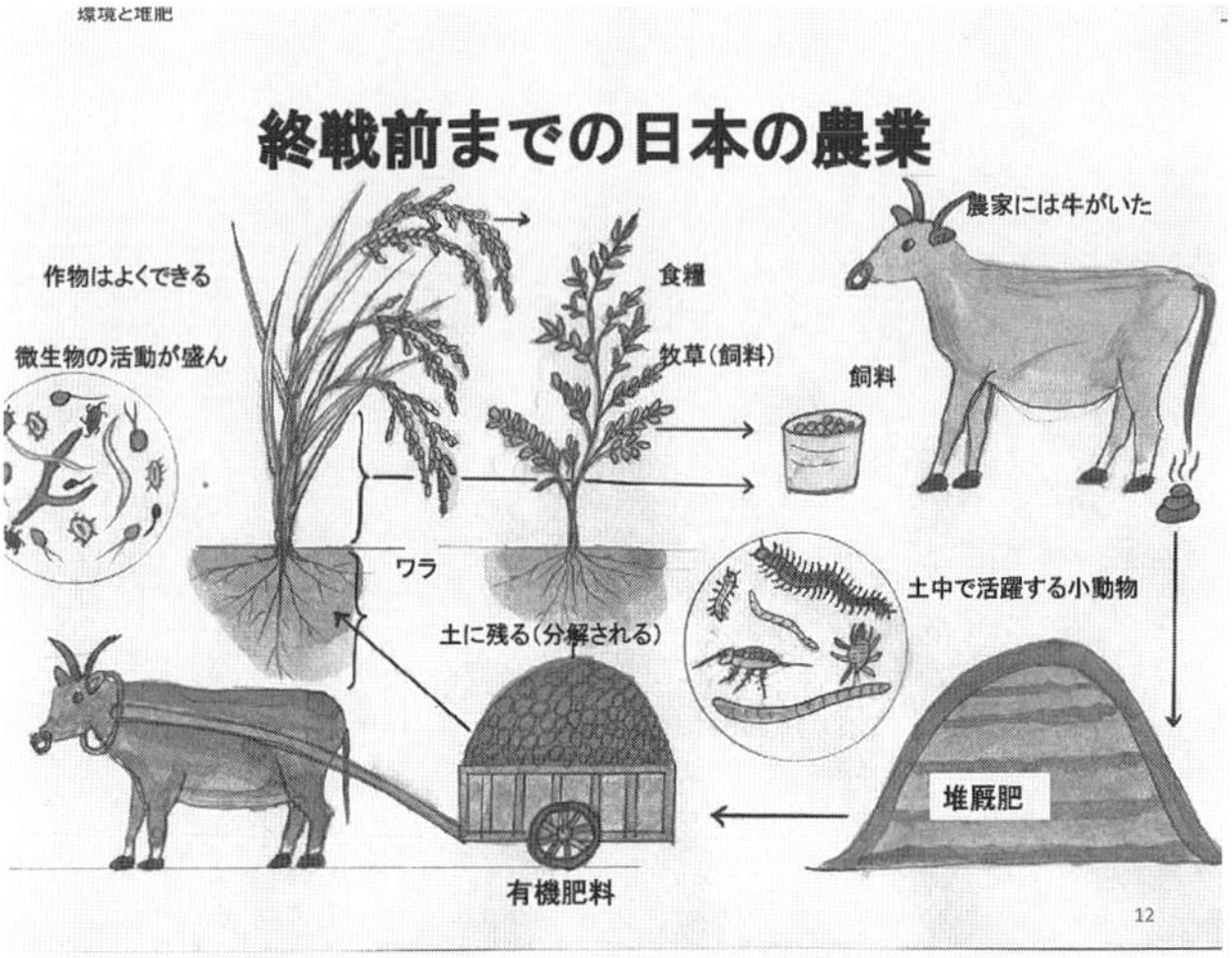

講演のときに使うパワー・ポイント「環境と堆肥」
イラスト（作画：木村）

芸高校から赴任してこられた林田先生に同じことをぶつけてみました。先生は前の学校での牧畜の実習で堆肥作りは欠かせない教育活動であったため、「これを全部堆肥にしよう」と話が決まり、植物残渣を堆肥化する活動を始めました。

翌日から冬休みに入るタイミングで「明日からやるぞ」と前向きに行動に移す先生のリードに従って早速、豚小屋だったコンクリートの屋根付きの場所を堆肥場に仕立てて残渣を運び込み、積み上げました。そのままでは堆肥化（腐熟）が進まないので、先生の教え子が経営している枚方市の牧畜業者のところに畜糞を買いに行き、トラックにいっぱい積んで学校に運び込み、年末まで毎日堆肥の積み込みを行いました。

先生からの提案で堆肥プロジェクトを立ち上

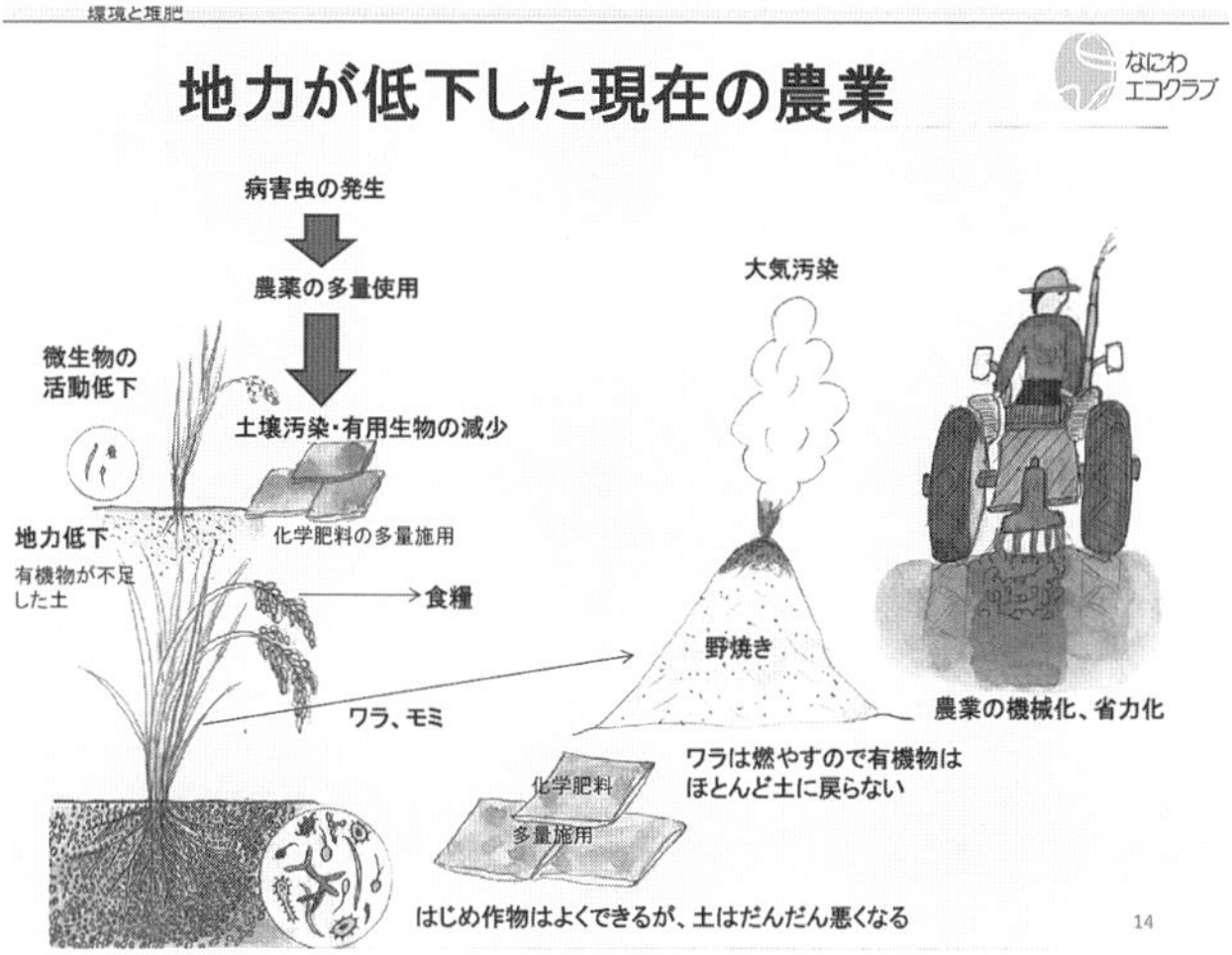

同右

げ、活動を開始しました。毎日堆肥温を記録するように言われ、冬休みも正月も返上で学校に通い、堆肥の観察を続けました。明けて正月2日に先生から「今堆肥温が53℃になっているから切り返しをしようか」と電話がかかり、すぐ学校に行き先生の指導で切返し作業を始めました。

生れてはじめて見る堆肥化途中の残渣の湯気もうもうの光景は、私に強い印象を植え付けました。終わって校門を出ようとするとき、校長先生が車で校門前に来られ、「今日は何しに来ているのか?」との問いかけに「林田先生と堆肥作りをしてきました」と答えました。

3学期に入って放課後になると堆肥場に行き、材料集めなどいろいろと作業を行いました。堆肥の腐熟が進み、日に日に色が濃く堆肥らしくなってきたタイミングで先生は「篩《ふる》い分けしてみよう」と言って、電動の大型のふるいを運び込み、堆肥を乗せてふるい落とすと沢山の良質な堆肥が山のように出来上がりました。篩い分けて残った残渣は新しい草や花の残渣、野菜くずと混ぜて積み込みました。材料も半端ではない量ですので先生と堆肥の山に登って二人で切返しをするのですが、これを見に来る生徒がぽつぽつ現れました。そのうち堆肥活動に関心を示す生徒たちが来て一緒に作業を手伝ってくれるようになりました。この様な私の堆肥活動を見た校長先生は新聞社や放送局に電話して、関西テレビや朝日新聞、毎日新聞が取材に来られ、何人かの生徒仲間と共にマスコミに報道されたこともありました。

全国大会へ

3年生の6月ごろに先生から「この植物残渣の堆肥化活動を意見発表しないか」と話があり、「文章を書いてみなさい」と勧められ、何度も書き直しながら原稿が完成しました。7月に校内でプロジェクト発表、意見発表の行事がありましたが、これは日本学校農業クラブ連盟主催の行事の一環で、私は「堆肥作りを学んで」という意見発表を行い、一位通過しました。次の大阪府大会を一位パスし、近畿地区大会に出場しました。ここで最優秀賞を頂き、全国大会へと駒を進めました。

夏休み中先生の前で毎日練習を重ね、ストップウォッチで計って厳しく叱られながら練習してきた成果を今発揮するときが来ました。

全国大会（神奈川大会）に出場

「第55回全国大会神奈川大会」は平成16年10月19日から21日までの3日間行われ、中間試験の最中でありましたが先生と共に横浜へ行きました。そこには全国9ブロックの代表が集まっており、各会場に分かれてプロジェクト発表と意見発表の審査が行われ、私の意見発表の番となりました。時間は7分きっかりで早くても遅くても秒単位で減点されます。数人の審査員と各ブロックの代表や関係者の前で私の意見発表が始まりました。

順調に進んでいた私の発表が一瞬途切れましたが2秒ぐらいで言葉を思い出し、その後最後まで語り終え、無事終了しました。審査員の先生から「この堆肥作り活動を今後どのようにして行きたいですか？」との質問があり、私は「近くの公園の除草や落ち葉かきで集めた残渣を堆肥場に運び、出来た堆肥は公園の花壇などに戻します」と答えて、もう一つの質問にも戸惑うことなく答えられて終了しました。1日目が終わりホテルに戻って翌

日の審査結果を楽しみにベッドに入りました。

翌日大会式典会場（パシフィコ横浜）で3区分（食糧、環境、文化・生活）のプロジェクト発表、意見発表の最優秀賞者が発表され、「意見発表区分［環境］最優秀賞は大阪府立園芸高校【堆肥作りを学んで】を発表された木村幸雄君です」の声に思わず先生と固い握手を交わしました。

卒業後の堆肥活動

3年間の学生生活で得たものはいろいろありましたが、卒業後の人生に大きく影響を与えた堆肥作りの経験が私の今の健康につながっています。

大阪府で初めに発足した「菜の花プロジェクトみのお」に卒業後入会したのはそこで農業ができること、堆肥作りの材料（植物残渣）が豊富にあり、それを畑に戻すこの活動に私の目的と一致する部分が多く、共感できたからです。

「菜の花プロジェクトみのお」泉原の堆肥施設（右が筆者）

茨木市泉原という北摂連山の一角にある緑に囲まれた静かな環境の小さな集落の奥に棚田が広

がっていますが、大阪市内から箕面駅を経てここまで1時間余りかけて毎週通い、畑作業と堆肥作りをしていますが、そこで油菜を栽培して菜種を取り、箕面市内のイベントで搾油を通じて植物資源の循環の一端を体験してもらい、純粋の菜種油の良さを知ってもらう活動をしています。

私が入会した目的は植物残渣の堆肥化でしたので、入会して直ぐ畑の隅に残渣を積み込んで堆肥化の活動を始めました。当初はあまり会員の関心が有りませんでしたが腐熟が進み、出来た堆肥を畑に入れることにより栄養付加と土壌改良の効果が大きく土が柔らかくなり、鍬が楽に使えるようになることを実感し、私の活動に理解を示してくれる様になりました。この畑から出た残渣ばかりではなく落ち葉なども加えて良質の堆肥作りを心掛けています。

淀川区役所で「夢ちゃん花づくり隊」

淀川区のシンボルはパンジーの花が顔になった「夢ちゃん」というロゴマークでいろ

塚本堆肥場

いろな物に使われて、夢ちゃんと言えば淀川区というイメージが定着しています。

この区役所を拠点に種から育てた花の苗を区内各所の幼稚園や施設などに配布する「夢ちゃん花づくり隊」の活動が10年くらい前から始まっていて、大阪市が認定するグリーンコーディネーターを中心に、私もリーダーの一人として活躍する傍ら拠点校数か所でも同じように種花活動が行われています。塚本小学校内にも花作り拠点があり「夢ちゃん塚本花づくり隊」として地域に花を配布する活動を行っています。

区役所では花苗圃場に隣接して3段になった花壇がありそこに育てた花を植えて区役所を訪れる人たちの目を楽しませています。一方花の残渣や雑草を刻んでコンポストによる堆肥作りも行っています。

塚本6―2町会の塚本堆肥場（緑地帯の中）

都会で堆肥作りの課題

最初にふれましたように私の堆肥場は林の中にあり、夏は日陰の快適な場所で堆肥作りが行われていますが、藪蚊が多くて大変です。しかし奥まった場所のため静かで部外者が入ってくることもなく、こんなに良い環境が都会の真ん中にある事が不思議に感じられるほど私には恵まれたところです。ここは市建設局の管理となっているため、たまに見回りに来ますが、「ここはいつもきれいにしてもらって有難うございます」と礼を言われるぐらい環境美化に努めています。

私も来年は80歳を迎えますので後輩を育てたいと思っているのですが、中々一緒にやりたいと言ってくれる人が現れないのが今の私の課題です。なんとかPRしたいのですがどうしたら効果が出るのか良い案が有ったら教えてほしいなと思っています。

市内でも公園以外でこの様な緑豊かな緑地は知る限り皆無と思いますので、貴重なこのエリアがもっと皆さんに知れわたり、憩いの場として訪れる人が増えることを希望しています。ただここに入るルートが分かりにくく、門があって閉鎖的であること、私有地の住宅の前を通過しなければならないこともあり大々的にPR出来ない難点があります。関心のある一部の人たちにより、この活動がこれからも長く継承されることを祈っています。

「海の里山」

桐生敏明

きりう　としあき
2010年、政府刊行物サービスステーションを退職するまでは、「オーダーメイド出版」と称して、商業性がなくても伝える必要のある著作物を発掘し、少部数でも出版物として政府刊行物のルートで書店に流す仕事を展開していました。その間200本を超える作品を世の中に送り出しました。現在は「編集工房ＤＥＰ」として、第二の人生とばかり、新しい個人出版の可能性を模索し活動しております。

1．能登島のミナミバンドーイルカ

２０１８年の5月、「能登島の野生イルカが戻ってきた」とテレビやブログで話題になりました。このイルカというのが能登島に２００１年以来住み着くようになったイルカの群れ。それが２０１８年の2月以来、富山県の氷見湾に移動してしまっていたのです。この群れが、また能登島に戻ってきたというので、石川県能登島の人たちは大喜びという話題です。

ところで、この海域で野生イルカと言えば、本来なら「カマイルカ」のことを指すのですが、ところがなんと、この北の海に住み着いたというのは意外なことに「ミナミバンドーイルカ」の群れなのです。

ミナミバンドーイルカについては、従来、バンドーイルカの亜種であるとされていましたが、２０００年の国際捕鯨委員会（ＩＷＣ）により別の種とされました。そして、その生息地の北限が、２００１年以来引き上げられ、石川県七尾市能登島の七尾湾ということになったそうです。

能登島の大克丸と大橋船長

さらに驚くことには、この七尾湾のイルカ、もとは天草沖合に２０００頭以上のミナミバンドーイルカが暮らしていますが、その中の２頭のつがいが移り住んだものだといわれています。ちなみに天草市五和町から七尾市能登島まで、およそ１０００キロメートル。その距離を２頭のイルカ夫婦が北上し、能登島で新たな群れの始祖となったという次第です。

写真は、僕が能登島に、南バンドーイルカの取材に訪れた際、ウォッチングの船を出してくれた大橋克礼船長と、その持ち舟・大克丸です。大橋船長は、もともとはこの能登島で郵便局に勤めておられました。それが定年退職後、退職金で、この大克丸を手に入れ、イルカのウォッチングと釣りイカダのレンタルを生業とするようになりました。大橋船長は、ミナミバンドーイルカが、この七尾湾に住み着くようになってこのかた、イルカ夫婦が一族をなしていく変遷を垣間見てこられた方なのです。

船長が言うには、七尾湾にイルカが住み着くようになって騒がれ出した頃、長崎大学の水産学部の先生が調べに来られ、間違いなく天草のイルカだと断定したというのです。というのも、長崎大学水産学部では、長年、

能登島七尾湾に停泊中の大克丸

天草のミナミバンドーイルカの個体識別をおこなっており、背びれや尾びれの形、胴体の傷や特徴から、天草のイルカは、ほぼ特定できるようになっているのだと言うことです。

さて、このイルカのことで、「まだ面白いことが……」というか、わからないことがあります。それはイルカ社会がメス社会で、一夫一婦制ではないということです。クジラの仲間で、一夫一婦制なのはシャチだけだと言われています。シャチは夫婦の絆が強く死ぬまでともに暮らすと言われています。これに反しイルカはオスは種付けをするだけで群れには残りません。そうして生まれてくる子も、メスならグループに残りますが、オスの子は成長すると群れを離れていきます。こうしてイルカグループは、大お婆さんをリーダーとして、その娘、そのまた娘とが連なりグループを形成していくというわけです。グループに子供が生まれると、メス同士が助け合って育てていきます。もし子育て中の親子イルカを見ることがあっても、二頭のイルカは夫婦でなく、お母さんイルカとそれを助けるおばさんイルカというわけです。

能登島七尾湾のミナミバンドーイルカ

それが意外なことに、天草から遠く離れ、石川県は能登島の七尾湾まで旅をしたイルカ夫婦なのですが、大橋船長が言うには、今も夫婦で、オスはグループに残っていると言うのです。七尾湾で新たに生まれた子供たちは、ルール通りオスの子は群れを離れていっているようです。ところが、群れの始原の二頭は、今もオスがグループにとどまっていると言うことです。

ことの真偽を確かめるべく、長崎大学水産学部の天野教授へ電話を入れたところ、大橋船長の話は間違いなさそうです。不思議に思い「どうしてこんなことが起こるんですか？イルカ社会はメス社会で、オスは離れていくと、どのイルカの解説書にも書かれているんですが……」

「そんなことを言っても、現にあるんやからしょうがない！」（この先生、大阪の出身でした。）

これは当事者である能登島のミナミバンドーイルカ夫婦に訊いてみるより仕方がなさそうです。イルカが話せたら、いったい、どんなロマンスを語ってくれるのでしょうか？

能登島湾

2．天草のミナミバンドーイルカ

私たちが普通イルカと言って、水族館やレジャー施設で出会う種類はバンドーイルカが圧倒的に多いのです。というのも、バンドーイルカが、もっとも頭が良く人にも良く慣れる性質があると言われているからです。一頃、映画「ザ・コーブ」が日本でも公開され、これによって和歌山県太地のイルカ追い込み漁が問題になりましたが、その中で、入江に追い込まれたイルカを、水族館やレジャー施設の学芸員の方が選んで買い付けていくシーンがありました。

これは何を選んでいるかというと、バンドーイルカのメスを選んでいるのです。これもバンドーイルカ、特にメスのバンドーイルカが、頭が良く、人にも良く慣れ、調教しやすいと言われているためです。

イルカブームの火付け役となったアメリカのテレビドラマ「わんぱくフリッパー」（1966年～1968年にかけて放映）の主人公もバンドーイルカでした。

このようにバンドーイルカは、我々にもっともなじみの深いイルカなのですが、では、今ここ

天草のミナミバンドーイルカ

で取り上げているミナミバンドーイルカとはどう違うのでしょうか？

　前章でも触れましたように、２０００年までは、ミナミバンドーイルカもバンドーイルカの亜種と思われていました。それほどよく似ているわけで、我々素人には見分けがつきませんし、どちらでも良いようにも思えてしまいます。

　でも、もうちょっと頑張って、その違いを勉強しておきましょう。

　まず大きさですが、バンドーイルカは成長して約４m前後になると言われていますが、ミナミバンドーイルカは約２・５m前後、つまりバンドーイルカよりも小ぶりな訳です。

　ついで吻《ふん》――これは動物の体において、口あるいはその周辺が前方へ突出している部分を指して言う言葉ですが――これが、どちらも突き出しているのですが、バンドーイルカのほうが丸っぽくてぽっちゃりしている感じがあります。これに対しミナミバンドーイルカは、ほっそり長く突き出しているような感じなのです。

　ほかに外面的な特徴として、ミナミバンドーイルカは、成

天草のミナミバンドーイルカ

長すると腹部にまだら模様ができると言われています。これは僕も見たことがないし、船からのウォッチングでは確認することが難しいと思います。ただ背びれが、バンドーイルカが丸みを帯びた三角形なのに対し、ミナミバンドーイルカはとがった三角形に近いと言われています。うーん、これも個体差があって、実際には背びれだけで判断は難しいと思います。総合的に判断するしかないと思います。

さて最後に、これが最も重要な違いなのですが、住む場所が違うのです。

バンドーイルカが沖合を長距離移動しているのに対し、ミナミバンドーイルカは、沿岸部に群れをなして住み着く性質があります。

日本での分布は、伊豆諸島、なかでも御蔵島の野生イルカ、それに石川県の七尾湾、そして、これから紹介する天草の五和町通詞島の沿岸が最も有名ということになるでしょうか。

天草のミナミバンドーイルカ

さて、今回は熊本から天草までを長距離バスで向かうことにしました。海辺の景色を楽しみながら約2時間半、バスはやがて、終点の本渡バスセンターへと到着します。ここからは富岡港行き路線バスに乗り換えますが、本数が少ないので事前に調べておいた方がよいでしょう。無事バスに乗れましたら「旧二江小学校前」で下車し、ここから海を目指して下っていくと約5分でイルカウォッチング発着所に着きます。

発着所には、「平成27年度イルカの絵コンクール」の入賞作品が展示されていました。幼稚園、保育園の子供たちが描いたイルカの絵ばかり。ウォチング船が出るまでの待ち時間、一枚一枚の絵を眺めていますと、天草の「イルカ」と「人」の関係が端的に表れているように感じました。イルカ（自然）と獲物を取り合うのでなく、イルカ（自然）と共に生きている、そんな感じを受けるのです。

そうこうするうち、もう一人、ウォッチング船に乗る若い女性が発着所の待合に入ってきました。さわやかな感じの女性で、見れば、モータードライブのすごいカメラを抱えています。受付の男性に紹介され、彼女が長崎大学水産学部の研究室の学生さんで、定期的にミナミバンドーイルカを観察しに来られているのだと知りました。

出発の時間です。

乗船する船は、入江一徳船長の操船する「天神丸」。ほかにも「大潮丸」「久栄丸」の2船がともに出船することになっています。乗船客を観察していますと、何組みかの親子連れのほかに、車椅子の障害者の方もおられ、同じ車椅子の方でも、ご老人の方もおられるようで、クルーの方たちが車椅子の積み込みに精を出しておられました。

いよいよ出船となり、船長や長崎大学の学生さんと話すうち、早くもイルカの群れと出会いました。

いくつかの群れが次々と現れ、船の舳先や舷側をブロー（潮吹き）しながら泳ぎ回り、たちまち海を覆っていきます。これがバンドーイルカのウォッチングや、クジラのウォッチング、はたまたシャチ（オルカ）のウォッチングであれば、こう簡単にはいきません。まるで出会えないときもありますし、出会えても、遠くからブローが見えただけというときもあります。沿岸部を拠点に群れで生息するミナミバンドーイルカならではの壮観です。

石川の能登島では、一つの群れでしたが、ここでは無数の群れが生息しているため、ウォッチングでイルカと遭遇できる確率は、ほぼ１００％と言っても過言ではありません。

僕の横手では、モータードライブのカメラが、シャッターを押すたび「ウォーン、ウォーン」と、小気味よい音を立て続け、僕も負けじとＨＤムービーカメラを回します。

もう話を聞いている間もありません。いったん海が静かになったと思っても、すぐ横に「ブオッ」という音とともにイルカが群れで顔を出す。船の先頭を行ったかと思うと、船の下をくぐり横切っていく。子供たちのはしゃぐ声。ブローの音、イルカの声。ウォッチング船も含め、周囲一帯が、一つの興奮状態に包まれている、そんな感じです。イルカたちも、そんな雰囲気を楽しんでいるかのようで、人とイルカと海が、まるで一つになったような時間が連続していきます。

3．「海の里山」づくり

そろそろ話をまとめなければなりません。

天草の漁師さんたちは、海を豊かにするため、一日の漁獲量を制限し、さらに手の空いた時間には海へ潜り海藻を植えて回っていたのです。

海が豊かになれば、イルカたちも住み着く。そう漁師さんたちは言います。

「イルカが泳ぎまわる海は、海が豊かになってきた証し」だと。


1978年、天草から少し離れた壱岐の海域で、「壱岐イルカ事件」が問題になったことがあります。壱岐の漁獲高が著しく減少し、その原因がイルカの食害によるものだと言うのです。悩んだ漁師さんたちが苦渋の決断として、イルカを辰の島の入江に追い込み1000頭近いイルカを、浜辺に据え付けられたイルカ粉砕機で一時に殺戮するという事態に発展しました。

この事件については、僕も調べたことがあり、《クジラ・イルカ紀行 vol006／壱岐・辰の島「イルカ受難」、vol007／壱岐・辰の島「デクスター・ケイトの決断」》としてブログで紹介したことがありますが、イルカたちが漁師さんたちの獲物を横取りする、いわゆる「食害」になっていたことは間違いなさそうです。ところが結果は、イルカが来なくなっても、漁獲量は回復せず減少する一方だったのです。

結論的に言えば、イルカの食害は、表面的な問題で、実は海が豊かでなくなってきている、それが根本的な原因だったように感じられます。

海の豊かさを取り戻そうとする天草の漁師の人たち、同様に1000キロ離れた能登島の漁師の人たちも、糸もずくの採集を通して、海藻を大事にすることで海の豊かさを守ろうとしています。海藻が茂ることにより、小さな海の生きものが集まり、それをエサとするイルカたちも集まってくる。

海を豊かにしようとする能登島の漁師の人たちの思いが、はるか南のイルカたちを呼び寄せたのではないでしょうか。能登島ではミナミバンドーイルカの新たなポッド（群れ）が成長しつつあります。それと平行するように、能登島の海も豊かになっていく。

「やさしい思いが豊かな海を育てる」、その優しさに導かれ、南のイルカが北の海へとやってきた、そんな印象を、天草通詞島と石川能登島の取材で感じた次第です。

壱岐　辰の島のイルカ供養碑とガイドのMさん。壱岐イルカ事件当時、中学生だったMさんは、アルバイトでイルカの処理に参加したという

ドローンスクールで丹波の明日を

笹川　一太郎

ささがわ　いちたろう
1951年生　兵庫県丹波市出身
一般社団法人丹波ドローンスクール代表理事
1969年　千葉県下総航空隊勤務（自衛官）
1985年　丹波市地元で飲食店「いろはのい」開業
現在、丹波市自治会長会理事、春日町自治会長会監査
春日部地区代表自治会長、七日市区自治会長

鳥が見る風景に憧れて

私は、子どものころから高い所が好きで、鳥のように空を飛びたい、という気持ちがありました。実際、ガキの頃は自分が飛べるというような感覚でいたので、よく高い所から飛び降りたりして、軽い怪我をしたこともあります。

昔は、秋になったら、稲を干すのに、相当高いところまで段を組んであったので、あの天辺からも飛び降りようとした。倒れないようにつっかえ棒が斜めに刺してある、あそこから滑って落ちたりして、よく怒られました。でも、まあ落ちたところで、田んぼは下がゆるいんで、そんな大怪我はしませんでしたが。

とにかく高い所が好きでした。鳥が見る風景に憧れて、パイロットの皆さんがつけるウイングマークにも憧れていたので、高校卒業後すぐに自衛隊に入りました。

お店（居酒屋・仕出し料理「いろはのい」）の二階の壁に「P2V　P－2J」という輸送機という写真を飾ってあります。私はこの飛行機の無線士として、一番先端に乗っていました。地

輸送機P2V　P－2J

上のコントロールタワー（管制塔）に無線で連絡をとる役割です。操縦士は上に居て、無線士が乗る先端部分は、足元までガラス張りになっていて、一番よく見えるところです。

私は硫黄島にも2年所属しており、写真は厚木基地から出て硫黄島付近を飛んでいるところ。30人弱が乗る輸送機で、皆さんパラシュートを装着して、パラシュートで降りる飛行機なんです。

自衛隊には9年所属していまして、結婚するので丹波に帰ってきました。私が載った一機前の飛行機が銚子沖に墜落しました。その事故もきっかけとなり、親が心配して、もう自衛隊をやめろ、と……。

34歳で独立、飲食店経営

自衛隊をやめてからしばらくは、京都に嫁いでいた姉のところへ行って、肉屋で修業をしていました。最初は屠殺された牛の精肉、捌きをしていました。それから精肉屋の販売を経験し、その後ステーキハウスに移って、京都の宇治の方に居りました。

丹波の今のお店『いろはのい』を始めたのは、34歳のときですから、お陰様で35年ほど続いています。春日町は飲食店の継続ができにくい場所で、大概の方がやめておられますね。この場所を見たら、皆さんよく言われます。「どっからお客さんが来てるんですか」と。最近は、都会の方でも、青垣の奥の方とかに古い家を買われて、それでお店を開いておられることも増えています。かえって表通りのお店の方がよくやめておられますね。入り込んだところの方が、継続されている方が多いです。

うちは仕出しもやらせていただいているので、冠婚葬祭の仕出しなどでも使っていただいていますし、長いことやっていると、自治会の役員さんの引き継ぎ交代というのも多い地域なので、それで使っていただいています。

店の前に停めている、たこやきの車は、15年ほど前、道の駅「丹波おばあちゃんの里」のオープンの頃、そこの筆頭株主の柳川社長に頼まれてつくりました。ちょうど保育園の送迎バスに一台空きができたので、それを譲ってもらい改装してつくったものです。

当初は、道の駅にたこやきの車を毎日出していました。その頃から私がバスの中に入って焼き手をしてきましたが、道の駅にレストランができてからは行っていません。私は観光協会や商工会にも入っていますので、イベントにはほとんど出ていますし、地域の行事や何やでお声掛けをいただくと、今でも基本的に私がたこやきを焼いています。焼き手を若い子にやらせたこともあるんですが、結局、私が焼かないと、みんな買っ

てくれませんわ（笑）。どうしてものときは息子やらに出て貰うこともありますが、焼き手を変えると、「あれ、いっちゃんは？」とお客さんに尋ねられると言っていました。

お店の方は、今はもう基本的に表は息子に任せて、私はほとんど裏方です。よほど「大将呼んで」と声がかかったときは別ですけど。

そうしてなんとかやってきまして、今は、商工会の役員などもしていますけど、自治会の役員の仕事が忙しいですね。地元の七日市自治会長、春日部地区の自治会の代表、春日地域の三役、さらに丹波市全域２９９自治会の連合会の役員。自治会の仕事だけで、２日に１回は何かがありますね。ボランティアですけど、給料が欲しいくらい（笑）。

ドローンスクールを始めたきっかけ

私の知り合いに、大阪航空局を定年退職した先輩が居りまして、その方らが数年前に、無人航空操縦士養成協会という、ドローンの操縦者の養成をする団体を作られた。それまでは、ドローンは免許なしで飛ばせましたけど、事故が増えて来て、これからは免許なしには飛ばせませんよ、

ということが法律で決まったからです。ドローンスクールは国交省の管轄で始まりましたけど、農業用のドローンなら農水省の許可も取りなさい、ということにもなってきました。

ドローンスクールを開いたのは、パイロットの先輩のお声掛けがきっかけですが、自分が空を飛びたいという夢はなかなか消えにくいものです。自分の手で空から景色を見下ろせる、それはおもしろいな、と思って、「俺、自分でやるわ」と即断、すぐに研修を受けに行きました。福知山にドローンポートといって、本物のヘリポートのところでドローンを操縦できるところに通って、教える資格まで取ってきました。お店の二階ではシュミレーションゴルフ教室を開いていますので、カミさんにはほとほと呆れられています。

丹波でドローンの資格講習会を初めて開催したのは昨年の7月です。以後、毎月新しい人が5人ずつ受講に訪れています。

ドローン資格講習会

受講生の職業の内訳としては、土木建築、測量の他、屋根の上を見る瓦屋さんとか、看板屋さん。それから葬儀屋さんとか、今のところドローンを仕事で使いたいという方がほとんどです。

葬儀屋さんは沖縄の方です。というのも、沖縄の方では山裾にお墓をつくることが多いので、お客さんを現地案内するのに大変なので、ドローンで空撮しながらモニターを見せて、この場所が空いてるんですけど、とか、いやもう少し違うところで、とか、お客さんが山を歩かないで良いようにドローンの映像で説明するそうです。

農業の方でもドローンの活用がさかんになると思いますが、今のところ研修に来られる人はまだ居られません。

丹波市は、このドローンの様々な可能性にとても期待してくれて、ドローンの資格取得に結構大きな助成制度を作ってくれました。ところが、それを聞いて申し込みが殺到してしまったので、助成の審査が厳しくなっているみたいです。当初の予算を大幅に超えそうなので、どれだけ仕事に必要か、どれだけ丹波市のためになるか、といった基準でしょうか、優先順位をつけられるようです。

一方で、ドローンの免許は、確かに資格免許ですが、まだ必須ではないんじゃないか、という声も出ています。でもそういう方には、事故を起こしたら罰金ですよ、懲役ですよ、と申し上げます。技術が先行してしまって、制度が追いついていないのが現状でしょう。安易な気持ちで未熟な操縦技術のまま事故を起こしてしまうのは、ご本人も周りも不幸です。素晴らしいものですから、ぜひ無事故で安全に活かして、楽しんでいただきたいものです。

ドローンで広がる世界

ドローンの一般飛行資格は、10時間の講習と認定試験で取得できますが、資格を取得したからといって、いきなり有名なドローン空撮写真家さんのように撮れるわけではありません。丹波市で有名なMさんは、ドローン空撮歴30年ということです。それだけの経験を積んで、もう手のひらの上で、自分のドローンが勝手に飛んでいるような感覚になって、やっとあれだけの映像が撮れるんですよ。

経験の浅いうちは、モニターを見ながら目視でもドローンを追いかけて、手で操作して、となると、ドローンを地面に落としたり、物に当てたりとかいう状況になりますので、GPSをつけてくださいよ、ということになっています。

もしGPSを抜いた状態で操作する必要がでたら、二人で飛ばします。先のMさんでも、難しい撮影のときは二人でやっておられます。一人はドローンを追うんです、それで無線をつけて操縦者に連絡する。

僕らも、ある大きな会社の工場を空撮したときは、息子と二人で行きました。どういう具合に撮っていくか、ということはその会社の方が指示するのですが、僕らは周りの状況を気にするんです。周りには小学校があったり、裏には神社の林があって、こちらは民家が密集してる、といった状況の空を飛ばしますので。高度をどれだけ上げようかと、下見にまず行きます。僕は裏へ回り、息子は表へ回って、無線で連絡をとりながら。

「親父、どんな状態？」

「いや、裏にかなり高い山があるで」

「どれくらい高度をあげげんならん？」

「150メートル以上、上げげんならんぞ」などと言って。

一応、国交省の認定は150メートルまでとなっているんです。「それなら、許可貰って300メートルまで上げようか」と相談します。

国交省に登録された免許番号を言って連絡したら、「どの時間帯、何時にどの場所で」という許可を出してくれます。その時間帯に「陸上自衛隊のヘリが飛ぶんです」と言われたら、「どれくらいの時間で飛ぶんですか」と尋ねる。ヘリが通過するのにものの5分もかかりませんから、その間だけ待ちましょうか、という感じで。

300メートルの高度で撮影しても、今のドローンのカメラは、とても高性能で、地上のカメラより良いものがついています。ズームの利くものとなるとカメラだけで数百万円とかかりますが、普通につけるカメラで後から引きのばしても、相当きれいに撮れます。

ドローンは、垂直に上がるだけが飛ばし方ではありませんので、水平方向にランウェイを離陸するように撮るとまた臨場感が違って、P－2Jに乗っていたときを彷彿とさせる映像も撮れますよ。

だから、生徒さんが飛ばしながらスクリーンに映像を映してやると、喜びますね。その映像に、しかも、好きな音楽をつけることもできます……ただし、演歌はダメですよ（笑）。

ＰＴＡの方が、運動会とかそういったイベントのときに、そういう一日をうまく撮ってくれますか、といって、それを編集してＤＶＤに焼いて父兄に配った、という例もあって、とても喜ばれますね。

他にも、ＧＰＳで設定して飛ばすと、鉄道にピッタリ並走して撮影する、などということも可能です。ＧＰＳが作動している限り、絶対線路に近づきすぎることはありませんし、列車が65㎞ならドローンもピッタリ65㎞で並走する、というようなこともできます。

これからの展望

法規制は、今後厳しくならざるをえないでしょうね。テロなんかで使われると大変ですから。でも一方で、大手物流メーカーは、既に輸送用のドローンも開発していますし、様々な仕事で活用されていくと思います。

でも、個人のレベルでは、ドローンの魅力は、まずなんといっても、普段見ている風景を、上空から見渡してみると一変する楽しさが第一ですよね。それを伝えて行きたい。

でも、資格免許が必要になり、それも決して安くないですから、ただ楽しみのためだけに15万円や30万円を出すのか、となってしまう面はありますね。ですから、現に、仕事以外で今資格を取られる方は、年齢層が少し高い傾向はありますね。定年退職をした65歳以上の方。ちなみに丹波市ではドローン免許の取得に対して助成金（約10万円）を出していますが、当然ながら職業と目的の審査があり優先順位もあります。

仕事上で必要な人ばかりではなく、このドローンが見せてくれる素晴らしい映像体験を、丹波でももっともっといろんな人に体験してもらえるように、ドローンを安全に上手に使える方がどんどん増えて行って欲しいと思いますね。やっぱり、僕はいくつになっても、この空から見る風景が大好きですから。

最後にもう一言。

後期高齢化と少子化問題はこの丹波でも深刻ですが、私はこれから数年の間に、無人飛行機ドローンの時代が来ると予想しています。いろんな意味で新しい時代の幕開けですから、ドローンをはじめ新たな事にぜひチャレンジしてほしいです。

丹波市立春日部小学校（2019.02 撮影）

蜂飼いの記

NPO法人　ベル
清水谷　茂　秀

しみずたに　しげひで
1952年、南丹市美山町生まれ。
田舎ぐらしと地域活性化に養蜂を、という目的で
NPO法人ブリセプター・ベルを設立、篠山などで
養蜂所を行っている。見学希望の方はご連絡ください。

一、蜜の想い出

蜂蜜には二つの想い出があります。初めて食べた蜜の甘さとその香りです。私が生まれたのは茅葺屋根が川沿いに点在する山ぶかい寒村でしたから、アゴが落ちるほど甘いものといえばときおり母が新聞紙に包んでくれるひとさじの黒砂糖でした。香ばしくこくのある風味であったかどうか、食べ盛りの五、六歳の記憶ですから定かでありません。

そのころ、秋祭りの前日、お宮の神楽殿の屋根裏から出た蜂蜜をジュースの小瓶に分けてもらい、それを手にして駈けて帰ったことがあります。今から六十年も昔のこと。鶴首のガラス瓶の輝きと琥珀色の蜜、台所にも山野にもないふしぎな甘味と香り。もしや絵本の世界に入ってヘンゼルやグレーテルと一緒に食べた夢ではなかったかと、いまだにおぼろげな記憶なのです。

二つ目は、それから二十年後、熊野や十津川の山道を歩いたときでした。雑木林に沿った道の両側に、それも岩の上や崖のくぼみ、容易に手がとどかぬ危うい場所に、板の屋根に石を載せた一抱えもあろう丸太がいくつも立てて置いてありました。一見して山の神さんかお地蔵さんを祀る祠と思い、見るたびに立ち止まり合掌しておりましたが、その数があまりにも多く、里におりて村人に聞くと、ミツバチの巣箱だったのです。これを蜂洞というそうです。

なるほど後で知ったことですが、紀州熊野は江戸時代から養蜂の本場で、「日本山海名産図絵」

（一七九九年刊）に養蜂の図があり、「およそ蜜を醸する所諸国皆有。中でも紀州熊野を第一とす」と記述してありました。

二、現代の養蜂と蜂蜜

今も昔も飼っている日本ミツバチは野生ですが、西洋ミツバチは家畜です。アフリカ原産のミツバチをヨーロッパの人たちが何世紀もかけて品種改良し、一九世紀の初頭、アメリカのラングストロスが革新的な可動式巣枠を発明、つづいてドイツのメーリングが人工巣楚を、さらにオーストリアのフルシュカが蜜を搾る遠心分離機を、この三大発明によって養蜂に画期的な進歩がありました。それまではギリシャ時代とかわらぬ原始的な養蜂であり、日本においても大差はありませんでした。

日本では明治以降、蜂も養蜂技術もまるごと輸入し、やがて全国に根付きました。近代養蜂の幕開けです。とはいえ西洋ミツバチには日本の冬の寒さ、ミツバチの天敵であるスズ

巣箱

メ蜂に対抗する体力がなく、依然として養蜂家の保護がなければ生きていけません。

ミツバチの品種改良とその生態を存分に利用した養蜂技術の成果、その西洋ミツバチの特徴は採蜜量の多さにあります。日本ミツバチの六、七倍の花蜜を集めます。もちろん家畜なので、女王蜂や飼料、巣箱などの購入費に元手がかかりますが、それに応えてくれるおかげで養蜂業は成り立ち、消費者は手ごろな値で自然の恵みが享受できます。

蜂蜜の魅力はなんといっても天然の甘味と薬効です。ご存じのとおり蜜にはレンゲ、菜の花、クローバーなどの草花や、アカシア、クリ、シナノキ、トチなどの樹木花がありま す。どちらかと言えば草花の蜜は透明で匂いにクセがなくて人気があり、樹木花は茶褐色でとくにクリやソバには匂いや味にクセがあります。日本では人気のレンゲ蜜もヨーロッパでは風味に欠けて人気がなく、香りのつよいボダイジュやエリカ、オレンジ蜜が好まれる。国や人の嗜好によって好みはまちまちのようです。薬効成分は樹木花がすぐれています。また花粉や蜜蝋を含む「絞り蜜」やそれらを含まない「垂れ蜜」という搾り方によっても成分に差がでます。

蜂巣箱の入り口

人が蜜酒や医薬、食用として蜂蜜を摂取してから一万年、またローヤルゼリー、プロポリス、蜂毒は科学が進んだ現代においてなおも神秘のベールにつつまれた部分が多く、それに乗じて似て非なる蜂蜜が安価で横行しております。

三、オス蜂

男はつらいよ、もっともっと割に合わないのがミツバチのオスです。オス蜂の身の上はまことに難解なのです。オスは無精卵から生まれ、有精卵からメスの働き蜂や女王蜂が生まれます。つまりオスには父親がいません。前者を単為生殖といい、後者を有性生殖というそうです。鶏の無精卵は孵化しないのに蜂は孵化するというふしぎ。それもオスばかりなのです。ここから先は生物学の教科書におまかせしましょう。

オス蜂はとても愛嬌があり憎めない存在です。しかし身を守るにも攻撃するにも針がありません（刺針は卵管が変化したもの、つまりメスだけにある）。花の蜜を吸うにもご先祖さまの怠慢な生活が遺伝して触覚も舌も退化、たとえ百万本

オス蜂

の花にかこまれても蜜にありつけません。明けても暮れても、内にも外にも仕事がない。働き蜂（メス）からなまけもの、浪費家、無用の長物と揶揄されて彼女もできない。みな兄弟だからあたりまえ。そのおかげで近親結婚がおこりません。

「あんな甲斐性なしの亭主をもらったって苦労がみえてるわ。ほら、三番街のマリリン、あの娘は女王におにあいよ。器量もいいし安産形よ。わたしらに代わって子を産んでもらいましょうよ。私たちはずっと独身で働くの。子育てもしましょう」おそらくこんな合議が成立し、以降ウン千万年このかた子孫は絶えず世のミツバチ王国は繁栄しているのでしょう。

不幸にも女王蜂が事故死や病死、老衰したとき、このときこそは国の一大事。そこで奇蹟がおこります。なんと働き蜂の卵巣がよみがえり、針は卵管にもどり、おどろくことに交尾もなくて産卵がはじまるのです。これぞメスの底力。けれども、悲しいかな、産まれる卵はすべて無精卵、せっせと世話したあげく巣房からとんきょうな顔を出したのはオスばかり。けっきょく女王を失った国はぐーたらオスにあふれて亡ぶのです。

というわけで日がな一日、働き蜂がせっせと溜めた巣房の蜜を舐めながらオスは巣箱の中を歩きまわって暮らしています。

四、女王国

ミツバチが地上にあらわれたのが六千万年前という説、人類の歴史とは比較にならないけれどオス蜂の退化は人類の未来を暗示してはいないか、と筆者は推理するのです。男はつらいよ、という嘆きこそはその前ぶれではなかろうか。退化を加速させているのは石油製品やIT、原子力や農薬、食品公害など高度な科学文明。そのためか先進国の男に精子が少なくなり、猛々しさがなくなり、根気がなくなった。その一方、女の骨盤が小さくなって少子化、人口減少に加えて男が働かなくなっては経済がまわりません。女のわがままは男の勝手を封じ、ますます男をつらくする、と筆者は蜂を見て思案に耽っております。

さて、数えたわけではありませんが、最盛期の西洋ミツバチの一群はざっと五万匹。一匹の女王蜂とメスの働き蜂が四万九千五百匹、のこる五百匹がオス蜂であるそうです。圧倒的なメス上位の大所帯。いや秩序ある国家といっていいぐらいです。

それなら女王蜂が君臨する専制国家ではないか、

女王蜂

と思いがちですが実際そうでもありません。では個の自由をたっとぶ民主制社会であるかというと、そうでもない。女王蜂は働き蜂にせかされて日に千五百から二千個もの卵を産む機械のようだし、働き蜂は成長の段階によってつぎからつぎに違う仕事があてがわれ超多忙。愉快げに花から花へ飛びまわる外務のほかはまったく個の自由というものがありません。あえていうなら母系制共和国とでもいえましょうか。

巣箱に耳を近づけるとモーターのうなるような羽音が聞こえます。巣箱のフタを開けると煙のようにもうもうと蜂が湧きたつ。巣の一面はところせましと働き蜂が占拠している。蜜や花粉の運搬、巣づくり、護衛、掃除、女王蜂の給仕、生まれて来る児の世話で多忙きわめています。そのわずかな隙をねらいでかい顔、ずんぐりしたからだを押し込み、押し合いへし合い歩いているのがミスタートムであります。

タダ飯を食っているトムにも、たった一つの仕事があります。いのちを賭けた大仕事が待っている。神はその使命のためにある期間、春から秋まで無為徒食をゆるしている。それは交尾というまるで騎兵隊なのです。

春のある晴れた日、トムは久しぶりに巣門（巣箱の小さな出入り口）に立ち、あくびをしながら黒く大きな目玉をぐるりぐるりと回し、眩しげに空を見上げました。それから湿った羽をのばしたりたたんだりして風を入れ、意を決したように呟いた。「今日こそはオトコになるゾ……。」

五、結婚式

トムは発着台に出ると、ツンと後ろ足で板を蹴って羽ばたいた。体は大地に引かれて地面すれすれに沈んだけれど、危ういところで高度を上げ、木々のはざまをすり抜けて野山に消えていきました。

トムのめざすところはここから数キロメートルはなれた秘密の基地。そこには、我こそは姫をしとめんとあちらこちらから集まった勇士が五百、千とたむろしています。平和ボケしたジョンやマイケルの顔もあれば精悍な面をした若武者もちらほらと見かけます。トムは気おくれがちな気分をまぎらわせようと幾度も丹田に力を込めました。

姫、つまり生まれて間もない処女王マーガレットは、待ち受ける雄の集団を知ってか知らずか、侍者もつけずに単身巣箱から神の手にひかれて飛び立つのです。姫のからだは華奢で初々しく、引き締まった臀部が陽に照って琥珀色に光っています。ふつう、働き蜂の飛ぶ高度は地上三メートルほど、姫は高度二十メートルを超えて飛翔しますからオスによほどの体力がないとたどり着けません。ここまでおいで、といわんばかりにオスを誘うには訳があります。姫のところまで飛んで交尾にありついたオスの精子こそ優秀な子孫が約束されるのです。なんという神の配慮でしょうか。

そのとき姫を見つけた若武者が飛び立ちました。それ行けとばかり武者につづいてわれ先にとつづく黒い集団、これではトムを追うのもここまで。大空に舞う芥子粒ほどの姫の姿をどうやって見つけたのでしょうか。それは姫が空中にまき散らすフェロモンだと、ある西洋の研究者は説きます。なるほど、思い当たるふしがありますね。

恋の乱舞は空中ではじまります。恋敵は同性のはずですが、武者の首をとるのは姫なのです。真っ先に姫にたどりついたベルナルドは、姫の背にくらいつくとクルリと反転して上になり交尾を成し遂げました。そのとき、ポンと破裂音がすると同時にベルナルドのペニスがちぎれて即死。あっけない腹上死。西洋人はどこまでも研究熱心。

これで姫は新婦になったと同時にみずから後家になりました。結婚式を挙げたのだからはやばやと国に帰って子を産むかと思いきやさにあらず。再婚を繰り返すのです。つまりつぎつぎと相手をかえて交尾をつづけるといいます。おかげで姫のお腹（貯精嚢）は体力優秀な選りすぐりの精子で満たされ、生涯に一度の春が終わります。

ふたたび、トムの姿を見たのはここを出て数時間後の発着台。ふらふらとご帰還の彼は着地と同時に前にのめってでんぐり返り、体を起こすや小走りに巣門の内に消えたのです。おっと、そこはお隣の巣箱。

六、メス蜂

女はつらいよ、という映画は聞かないけれど、世の東西にはそれらしき映画や小説があふれています。「おしん」をはじめ「ひまわり」「五番町夕霧郎」「女衒」「或る女」……。その多くは封建制や戦争に翻弄されて社会の底辺に生きる女の生涯と恋を描いた物語。では女王蜂や働き蜂はどうでしょう。

女王蜂の恋はステキというより狡知にたけた残酷なものでしたが、一般大衆である働き蜂には恋のチャンスもなければ異性にはまったく興味をしめさない。子育てにはあふれるほどの母性を見せるもののオス蜂に対して冷やかな距離を保っています。

「ねえねえ、そろそろ長い冬がくるわ。わたしたちの食べるだけの蜜はあるけど、トムさんたちの分までないわよね。

巣箱の入口にスズメ蜂対策

でしょう、でしょう」こんな井戸端会議がはじまると、オスを巣箱の隅に追い詰め、無慈悲にも巣箱の外へつまみ出すのです。外敵に立ち向かう針のないオス蜂はスズメ蜂の餌食となり、あるものは餓えと寒さに力尽きて葉陰で末期を迎えるのです。群れはオス蜂不在で冬を越します。

女王蜂は恋の快楽や出産の悦びを働き蜂から取り上げ、かといって寂しさや苦悩を与えないどんな仕組みがあるのでしょうか。もしそうでなければ、自ら王国の仕組みを考えた働き蜂だといえど数千万年の拘束に耐えきれず、自由をもとめて明日にも反旗をかかげ革命をおこしてもふしぎでありません。

革命を経験した西洋の学者はここに注目しました。それは女王蜂が発散するフェロモンにある、というのです。そのフェロモンは働き蜂の卵巣のはたらきを抑制し、出産意欲をおこさせず、母性をもっぱら子育てに仕向ける。このフェロモンは個を犠牲にして全体に奉仕させ、種族をつなぐ妙薬なのです。そうして働き蜂は子育てに必要な花蜜や花粉をせっせとあつめ、女王蜂にはローヤルゼリーという精力の源となる王乳を与えます。五万匹を統一するこんなメカニズムが巣箱の隅々にまで満ちている、と指摘します。

そこで筆者は愚考します。もしこのフェロモンを人間社会にばらまけばどうなるか。職場は女に占拠されて男は失業、家に帰ればよその子ばかりで居場所がない。デパートや喫茶、レストランは女であふれ、座るに席がない。しかたなく男の通うところはホームセンターと冷暖房の効いた図書館。いまさら恋でもないが、挑戦したところで千にひとつの勝ち目なし。一つや二つわれわれ団塊世代にこころあたりがありそうです。近い将来、老いも若きも男の筋肉や手足に退化が始まる。月にでも引っ越すほかありませんね。

七、蜜蜂は鏡

蜜蜂の世界はわれわれの社会を映す鏡のようだ、と養蜂の師匠は言いました。鏡に向かって右手を挙げると、鏡に映った自分は左手を挙げている。良かろうと思うことを蜜蜂の鏡に映すと、悪かろうと映る。楽だと思うことも、旨いと思うことも、便利だと思うことも、反対に映ります。われわれの考えることは、節度のない欲にかられ自然の摂理に反しているからでしょう。

大いなる生命の目指す方向に、一途に生きる蜜蜂は身をもって「いまに危ういぞ」と警鐘を鳴らしてくれているようです。たとえばイチゴやリンゴ、モモなど虫媒花の受粉を手伝った蜜蜂は、そこに潜む強烈な農薬で死んでゆくのです。それでよしとする社会にどんな未来が待っているでしょうか。

養蜂家は興味つきないミツバチ王国を目の当たりにして、いえ、巣箱に顔を突っ込み刺されながらも迫力満点の命の様相を見せてもらい、なおも甘い蜜をどっさり頂戴できるのだから、これはもう身に余る仕事といえます。

それから、いったい生命はどこを目指しているのか。なんてちょっとした哲学者の気分を味わい、ときに社会学者や昆虫学者となって浅学を顧みず空想にふけるのです。またミツバチの生態を知れば、蜜源の多少に応じて女王蜂を育て群れを増やすことも、あるいはやんちゃな群れをしずめる技術も身に付きます。

最後に、レンゲ畑で花を摘んでいる小太郎くんとお母さんの会話をご紹介しましょう。

「お母さん。働き蜂のお母さんは女王蜂でしょ？」

「そうよ」

「オス蜂のお母さんも同じだね」

「みな兄弟よね。おりこうさん」

「働き蜂のお父さんはどこにいるの？」

「結婚してすぐに、遠い遠いところに行っちゃったのよ」

「オス蜂のお父さんも？」

「んーと……オス蜂のお父さんはもともといないの」

「へんなの。お父さんがいなくても生まれてくるの？」

「そうよ。キリストさまだってお父さんいないの。お父さんは神さまよ」

「そっかぁ。ぼくも偉くなるんだ」

おわり

無農薬の土づくり・生搾り青汁

こだわり続けて30年のブランド力

鈴木静夫

すずき　しずお
1946年生まれ　茨城県出身
高校卒業後に19歳で独立自営。その後いくつかのビジネス経験を経て、逃げ出していた農業の道へ。無農薬の自然栽培にこだわるケールを栽培し、特許を取得した圧縮式搾り機で青汁ジュースを販売。『通販生活』でのヒット商品となりブランド化を実現。
農業生産法人㈱ベルファーム　代表取締役
日本アグリ・ブランドカンパニー（ＪＡＢＣＯ）代表取締役
つくば地域就農支援アドバイザーなど

「なぜ、なぜ」をとことん追究

実家は兼業農家で私は長男（上に姉ひとり）、農業をするのが嫌で嫌で、高校卒業後東京に出て就職した。原油をブレンドしてエンジンオイルなどを製造販売する会社である。そこを365日きっかり一年で辞めてしまったのは、会社勤めで出世するにはやはり大卒でないといけないことがわかったからだ。勉強は嫌いだったし、自分の生きる道は商売するしかない、何でもいいから独立しようと思った。

詳しくは後に述べるとして、独立時の仕事は順調に伸びて、その後何度か職種を変えてきたが、結局、30歳半ばで一次産業にもかかわるようになった。青汁の原料となるケールの栽培である。私はその当初からこれまで一貫して、無農薬・有機で栽培し、耕地面積は20ヘクタールになっている。

特許を取った圧縮式搾り機でつくった（株）ベルファームの青汁・にんじんジュースの商品は、他社の追随を許さないブランドになっているが、それが出来たのも若いときに独立してモノづくりやセールスの経験が役立ったからだ。

5年前には6次産業化の認定を受け、別会社（株・ＪＡＢＣＯ）では自社以外の全国の農産物のブランド化をお手伝いする仕事を中心におこなっている。

私の信条のひとつは、「なぜ、なぜ」をとことん追究することだ。子供のころから餓鬼大将だった私は学校（高校）の勉強はワーストワンだったが、探究心だけは人後に墜ちないと自負している。

無農薬・有機の自然栽培は難しいとよく言われるが、私は決してそうは思わない。「なぜ、なぜ」という疑問点の追究を、自分の都合のよいところで止めてしまうから、答えが見つからないのだ。また、常識にとらわれる人は「なぜ」そのものを忘れてしまっている。

私はこれまでいろいろな人たちにお世話になり、助けられてきた。七十歳を過ぎたいま、その恩を少しでも返していきたいと思う。別会社を設立したのもそんな思いからで、数年前にはシェアハウスをつくって研修生を受け入れている。私の体験が次世代の人たちに少しでも役立つことができれば幸いである。

「商売の原理原則は何も変わらない」

何でもいいから商売をしようと地元に帰り、自動車部品の下請け工場を経営している知人に相談すると、

「半年間はただで働いて、仕事を覚えたら独立していい。住み込みするのに自分の布団をもってこい」と言われた。

ケール畑

自動車部品の配線のハンダづけの仕事だった。3か月間で覚えたので、独立させてくださいと言って、実家の軒下を間借りしてスタートした。内職してくれる方を探し歩いて百軒つくり、業績はぐんぐん上がった。協力会社36社ある中でナンバー3になっていた。独立1年後には300坪の土地を買って、部品の仕上げ工場を建てた。その土地を買う資金(960万円)の融資を銀行に申し込むと、支店長代理は「あんた、何者?」といった呆れ顔をして保証人が必要だと言われた。

世間知らずもいいところだ。親には頼みにくいので、ガソリンスタンドを経営していた知人に話すと、「いいよ」とあっさり保証人を承諾してくれた。私より一回り年上の人である。高校のときそのガソリンスタンドでアルバイトをしたことがある。そのときの私の働きぶりを見て信用してくれたらしい。

土地は買うことができたが、工場を建てる金がないので、その土地を担保に銀行融資をしてもらった。工場を建てたあと仕事は増え続け、3年後(23歳)のときには従業員が20人以上になっていた。ところが昭和48年のオイルショックを境に仕事は激減した。毎年5%のコストダウンを要求されていたので、下請け仕事の限界を痛感していたこともあり、28歳のときに工場を手放すことにした。そのとき母親に、

「商売人というのはどういうことかわかっているのかい? 商売はアキナイだよ」と言われた言葉をかみしめた。私は長男で、9歳年上の姉がいる。実家に戻って来てくれたことを喜んでい

た母親を裏切ることになった。

工場を処分して千八百万円の現金が手元に残った。当時、敷地50坪二階建ての建売住宅が6００万円の時代だった。将来のために家を買っておきなさいと勧められたが、家は何も生み出さないと言って、私は再び東京に出ることにした。友達が銀座や赤坂でやっていた洋服関連の商売（服の生地やボタンなどを卸売りする仕事）で一旗揚げようと決心したのだ。

モノづくりからセールスの仕事に変わったが、この仕事を通じて学んだことは、「商売の原理原則は何も変わらない」ということである。どんな業種でも、作る人・売る人・買う人がいて初めて成り立つ。こんな当たり前のことを忘れている人が世の中には大勢いる。

繊維関連は国の基幹産業だった。とくに戦後間もないころはガチャマン時代（機械のガチャンという音で万円が儲かるという意味）と言われるほど儲かる商売だったようだが、昭和四十年代以降は陰りをみせていた。そろそろ見切りをつけようかというときに、今度は「鉄の塊」を売ってくれないかという話が知人から持ち込まれた。私は38歳になっていた。

ジューサーの販売で十万台、新型で特許を取る

鉄の塊というのは、一台2万３３００円ジューサーである。会社を13社経営している知り合いの社長から、「このジューサーが売れなくて、いまにも倒産しそうだから売るのを手伝ってくれ。君に運転資金を投資する、３カ月やってだめだったら諦めよう」と言われた。

二十歳代後半から三十歳代半ばまで、セールスの仕事に打ち込み、商売の原理原則を体験したことで、私は何でもやれば出来るんだという自信を持っていた。裸一貫になったつもりでこの話を引き受けた。

ところが2カ月間はまるで売れなかった。そんなあるとき、知り合いの出版社社長から、甲田光雄先生に会いにいくので一緒に行きましょうと誘われた。小食断食健康法で有名な甲田先生は、自宅庭でケールを栽培しているというので、ジューサーに関心を持ってくれるだろうという期待があった。

私の期待どおり、「その青汁を作るジューサーを是非普及させてください」と甲田先生は言われた。「日本綜合医学会」の5代目会長である甲田先生から、人々の健康に役立つ青汁作りに貢献せよと推奨・激励されたことでがぜん営業活動に力が入った。

少し自信を失いかけていたが、飛び込み営業で入った健康食品の会社でついに日の目を見ることになったのだ。全国に千店舗をもっていたその会社の店舗で講習販売を開かせてもらうと、一日に百台も売れることがあった。飛行機で全国を飛び回り、2年半の間に十万台、23億円の売上となった。

私は有頂天になっていたが、そのときは贅沢品でもどんどん売れたバブルの全盛期だった。バブル崩壊とともに、あっという間に情勢は一変した。私の知り合いの社長だけでも7人が会社を潰している。たいていは本業以外の株や不動産投資で大やけどをした結果である。

私はジューサーの販売で1億円ほど手元に残っていたが、周りを見るにつけ、お金に執着してはいけないとつくづく思った。そしてこれからは「健康」をテーマに仕事をしていこうと心に誓ったのである。

甲田光雄先生の教えを守り

話は戻るが、甲田先生と初めて出会ったとき、「君、身体の具合がそうとう悪いようだね」と見抜かれてしまった。がむしゃらに、モーレツに働いてきた私の身体は肝臓・腎臓が弱り、病気のデパートになっていた。

「健康関連の商品を売っている人がそれではいかん。1カ月ほどうちで療養しなさい」とも言われたが、ベッド数（20床）が足りず、入院したのは数カ月後だった。

「身体から悪いモノを全部出し切る」というのが甲田療法の基本である。朝食は、青汁一杯だけ、昼と夜は玄米と豆腐（半丁）。最初の3日間は「食いたい、飲みたい」ことばかり頭に浮かんできたが、毎日その食事メニューと軽い運動をしながら1カ月すると、見違えるような健康体となっていた。

胃腸がきれいになると、五感がするどくなる。小食でも「空腹感」はなくなる。8時間以上寝ても取れなかった疲れが、5、6時間の睡眠でもスッキリとれて、ひどかったイビキはかかなくなった。

一日野菜ジュース一杯だけで生き続けている森美智代さんは、いまや全国的に有名になっているが、甲田病院では私と彼女は同期の患者だった。森さんは脳が縮んでいく頭小病という奇病難病でどの医者も投げ出していたが、甲田療法で救われたのだった。

しかし甲田先生は、「医者はどこが悪いかを教えるだけで、病は自分で治すものだ。クスリはリスクだ」という。だから甲田病院はもうからないし、甲田先生は大阪の「赤ひげ」と称されていた。不治の病と見放された患者さんにも「あなたは治りますよ」と甲田先生は軽く言ってくれる。だから森さんも救われた。

人間の、生命の神秘は科学では推し量れないと甲田先生は言う。森美智代さんはその生き証人であり、私にしても甲田先生との出会いがなかったら、今頃この世にいなかっただろうと思う。「ケールの栽培から始めよう」と一大決心したのも甲田先生との出会いがあったればこそである。

農業を敬遠していた私がそこまで決意したのは、実はもうひとつ理由がある。

2年半で十万台売ったジューサーの金型が壊れてしまったので、新しい金型をつくることにした。ミキサー（ジューサー）というのは高速回転する刃で野菜を砕いてしぼり出すというのが常識的な考え（設計）である。しかし私は、ジューサーの販売をしている間に、いろいろと調べてみた結果、野菜を砕くことで栄養素の多くが破壊されるということを知った。それでは食物の生命を活かしきれない。

そこでいろいろと考えた末の結論は、野菜を「圧縮」して液をしぼりだせば栄養素を保つことができるということだった。圧縮式ジューサーの金型を自ら設計し、製造するのに四千万円を投資した。そして、特許も取得した新型ジューサーの売値は従来型の3倍以上、7万8千円とした。十万台の販売実績があるのだから、買い換え需要としてその半分くらいはあるだろうという見通しだった。しかしその計算は、とてつもなく甘かった。

特許まで取った圧縮型ジューサーを、自信をもって売り出したものの、さっぱりだった。値段が高すぎたこともあるだろうが、バブル崩壊後はあらゆる商品に対する購買意欲が減退していた。

圧縮型ジューサーにプレミアをつけたらどうか。つまり、買っていただいた人に新鮮なケールを定期的に供給しようと思ったのである。

自然農法の名人を訪ね歩く

実家の畑でケールを栽培するにあたり、無農薬・有機栽培は大前提だった。ケールの栽培は、岡山倉敷病院の名誉院長であった遠藤仁郎先生が戦後間もなく普及活動を始めたが、一般農家にもその生産が普及するにつれ、いつしか農薬が使用されるようになっていた。せっかくの健康野菜が、それでは意味がないと思い、私は自然農法の名人と言われる人を訪ね歩いてノウハウを学んだ。

私の郷里の茨城県のほかに、岐阜、群馬、岩手、福島など合せて5人の名人に出会ったが、いずれにも共通していたのは「生きた畑をつくる」すなわち「土づくり」へのこだわりだった。名人たちの理論・理屈上の違いは多少あっても、微生物が土を豊かにするという生育理論は同じだった。土が未熟だから野菜の害虫が寄ってくるのだ。

人間の胃腸にも何兆億個の微生物が共存して、私たちの健康を保ってくれている。微生物は人間の五感（眼・耳・鼻・舌・身）では捉えがたいが、唯一、鼻で「匂い」を嗅ぐことはできる。豊かな微生物の存在を土の匂いによって確認できるのだ。ただし、長年の経験や感性がものをいう世界である。

土の匂いで微生物を確認できる。「そういう勘所をもった農業者はアーティストだ」と私は言っている。

微生物の菌は一つひとつ働きが違う。だから土着菌だけでは理想的な土づくりができない。何をもって理想とするのか、言葉では説明しがたいが、生きた土は思わず口に入れたくなるほど美味しそうな良い香りがする。微生物も土も語らないけれど、そういう土で生育した野菜そのものが健康度を証明してくれるのだ。

私は自然農法の名人を次々に訪ねて、それぞれの良いとこ取りをしたおかげで、自然農法（無農薬・有機栽培）に自信をもつことができた。最初に書いたように「なぜ、なぜ」をとことん追求していけば誰にもできる。実際、便利過ぎる農薬がなかった昔の人たちは普通に自然農法をやっていたことなのだ。

生搾り青汁にこだわる理由

自然農法によるケールの栽培で自信を深めたものの、圧縮型ジューサーのプレミアとして新鮮なケールを定期的に供給しようというアイデアはからぶりだった。以前にジューサーを購入した人たちにこの話をすると、ジューサーを使ったあとの手入れが面倒で、いまはほとんど使っていないという。これでは圧縮型ジューサーは売れるわけがないし、せっかく育ったケールも台無しになる。

それなら、採れたてのケールを自社で搾って青汁そのものを販売するしかないと決断した。平成6年のことである。

私が住む牛久市のアパートの近くに、給食を作っていた貸家があった。ケール畑にも近いその貸家を借りて青汁搾汁工場とし、私が開発した圧縮型ジューサーの業務用搾汁機を設置した。採れたての新鮮なケールの「生搾り青汁」を商品化し、手始めに200cc入りの牛乳瓶を使って地元宅配を始めたのである。

近年、青汁と言えば粉末や錠剤といった加工された青汁商品が多いが、私はあくまでも生搾り青汁にこだわってきた。野菜に含まれる栄養素は調理したものより、生の状態で摂取した方が良いということがはっきりしているからだ。実際、他社で販売している加工された青汁と当社の生搾り青汁の成分比較をしてみると、生搾り青汁の方が5倍の濃度があって、栄養素も多く残っていることが判明している。

普通のジューサーで野菜を搾るのと違って、当社の圧縮型の搾汁機は、酸素に極力触れないような構造になっており、野菜を押しつぶしてジュースにする。だから野菜の栄養素の流出が少なくてすむわけなのだ。私はこの搾汁機の特許も取得した。

駅構内に「青汁健康倶楽部」を出店

ケール栽培は、3年目になると自家発酵肥料による生産体制が確立し、耕作面積も1000坪に増えた。青汁ビジネスが成り立つのかどうかを調べるため、私は思い切って東京に出店することにした。

平成8年、その一号店を浅草寿町に開いた。5坪程度の青汁専門スタンドで「青汁健康倶楽部」と名づけた。

出店を決断する際、何よりもうれしかったことは、スタンドの管理を家内が申し出てくれたことだった。毎朝7時に家を出て、前日のうちにクール便で送っておいた青汁を現地で受け取り、デスペンサーに入れて一杯300円で販売し、夜の9時頃に私が迎えに行く生活が続いた。疲れ果てて「辞めたい」と言い出すかと心配したが、売上が予想を超える伸びを示し、最高で一日十八万円以上も売れたことから、家内も張り切って続けることができたのだろう。

平成11年には東上野に「あおじるベル」を設置した。その後評判を聞いた上野駅のキヨスクや、東急東横線の渋谷駅構内でも出店の要請があり直販店を出した。どこでも好調な売上が続いたので、本格的に生搾り青汁の生産を開始してもよいと確信したが、やがて手が回らなくなった。そこで浅草店と上野店は10年目に、渋谷店は13年目で閉店することにした。カタログハウスの『通販生活』に載ったことで、供給自体が間に合わなくなったからだ。

『通販生活』でブランド力をつける

『通販生活』に掲載されると商品の信用度が飛躍的に上がると言われている。そこで私は平成11年の秋、株式会社カタログハウスの斎藤社長にお会いして、当社の生搾り青汁がいかに優れているか、実績を見せながら『通販生活』への掲載をお願いした。すると斎藤社長は、「私が1カ月飲んでみます」と言ってくれた。『通販生活』のポリシーはそこにあると感心したものだ。

ちょうど1カ月が過ぎたころ斎藤社長から、嬉しい評価の言葉があった。

「この商品は体にいいよ、それに『鈴木静夫の青汁』というブランドも作り手の顔が見える」

こうして平成12年1月号から『通販生活』に掲載されるようになった。

間もなくして注文が入り始め、1月だけで3700ケースという驚く数字だ。それまで当社の出荷は500ケースほどだったので社内は大慌て。急遽、知り合いの同業者にパック詰めをお願いして急場を凌いだりした。それ以降も安定して注文が入り、『通販生活』側でも当社の生搾り青汁が平成22年の取扱食品アイテムの中で、リピート率第2位のヒット商品となった。

また、相乗効果が大きかった。掲載を開始してから三越、伊勢丹、東急百貨店、紀伊国屋、明治屋、成城石井等の有名店から取引依頼があったのだ。このとき私がつくづく思ったのは、徹底したこだわりをもった商品だからこそ社会の信頼度を高めることができたということだ。それを言いかえれば「ブランド力」ということでもある。会社経営においてこれほど大きな財産はない。

このことを気附かせてくれただけでなく、当社を育ててくれたカタログハウスの斎藤社長には本当に感謝にたえない。

2本柱になったにんじんジュース

この大事な「ブランド力」を守るためにも、鮮度を保ったままの青汁を提供したい。そのためには冷凍にするしかないということで、工場の新設計画を考えはじめた。『通販生活』に掲載された年（平成12年）からである。

この年の夏頃、牛久工場に常陽銀行茎崎支店の行員が『通販生活』を手にして訪ねてきた。

「この雑誌に紹介されている鈴木さんですよね、何かご協力できることがあればお手伝いします」と言う。とっさに私は言っていた。

「設備投資をしたいので、融資してくれますか」

このときも『通販生活』での実績がものを言ったのだ。さっそく工場の新設計画がスタートし、牛久市内に工場を建設して冷凍青汁製造体制が確立。翌年には茨城県初の青汁清涼飲料水メーカーとして認可を受けることができた。

その後平成17年から、栄養素を破壊しないにんじんジュースの製造を開始した。楽天市場では当社のにんじんジュースが販売額でナンバーワンという評価を得ている。

いまでは青汁とともに当社の2本柱の商品となっているが、売上割合は生搾り青汁が7割で、にんじんジュースはまだ3割程度。

その他、テスト販売の段階の商品もいろいろ手掛けている。巨峰ジュース、パプリカジュース、トマトジュース、メロンジュースなどで、ほとんどがOEM製造だ。近年増加している将来性のあるOEM製造については、また後に述べたい。

6次産業化のビジネスモデルも出来た

ジュースを含めた商品開発を進める中で、最も進化したのがサーバー（容器）である。このサーバーは、つくば市にある独

にんじん畑

立行政法人・産業技術総合研究所（産総研）の人たちが開発したものだ。

梅酒やお酒を入れる容器として開発されたが、そうした利用法では採算が合わないということで私の所に話がきた。青汁を生搾りの状態で搬送・保管する方法はないものかと思案していた時だったので、私にとってまさに渡りに船だった。研究会に参画して自由に意見を述べるなかで、生搾りジュース仕様のサーバー［微高圧炭酸ガス入りサーバー］を開発していただいた。つくばにいるからこその恩恵である。

微高圧炭酸ガス入りサーバー（容器）の特長は、生搾りジュースを入れての搬送はできないが、炭酸ガスが充填されているため生搾りジュースの滅菌と殺菌ができる。それに加えて、味がマイルドになって大変飲みやすくなった。

さらに6次産業化というビジネスモデルも出来上がった。産総研と容器メーカーがサーバーを作り、茨城県の農家が栽培した様々な野菜を使って当社が生搾りジュースを作って売るという仕組みである。

2013年に東京ビッグサイトで開催された国産農産物の展示商談会「第8回アグリフードEXPO東京2013」に完成品本体（「生搾り青汁（ケール100％）」「生搾りにんじん100％ジュース」「冷凍生酵素」など）を展示した。

「生産（無農薬・無化学肥料）から加工まで一貫生産を行って、栄養破壊（酵素・ビタミン）を抑えた特許製法で製造した青汁屋ならではのオリジナル商品です」とPRしたところ、来場者の反応はすこぶる良好だった。

ＯＥＭと６次産業化の可能性

同じ年の７月、「第６回常陽アグリ交流会セミナー２０１３」（常陽銀行が主催）で、私は６次産業化をテーマとした講演をさせていただいた。

講演後の交流会のあと、ビジネスに繋がる案件がいくつか生まれてきた。

トマトを年間１０００トンも栽培する生産者からはＯＥＭ製造（委託製造）で「ジュースにしたい」という相談。茨城県外のかまぼこ屋さんからは、果物や野菜のジュースを練り込んで、新しい風味と色合いのかまぼこをつくりたいという相談。地元産のメロンを使ったジュース、常陸太田市で採れるぶどうも商品化してテスト販売をおこなっている。同年に当社の商品が「常陽ビジネスアワード特別賞」を受賞したこともあり、こうした案件は急に増えてきた感がある。

いま全国各地で農業の再生・活性化を図るために６次産業化の取組が盛んになりつつある。これはとても良い仕組みだとは思うが、私が考える６次産業化というのは、信頼性と熱意のあるプロ同士の連携である。

一つの会社で栽培・加工・販売を行おうとすると、自ずと限界があるし、せっかくのチャンスを逃したりもする。かつて駅構内に出店して売上も伸びていた青汁専門スタンドを閉店せざるを得なくなったのは、一社の力では対応できなかったからだ。

それぞれの分野をこなせる人材や技術力、それ以外の経営資源をうまくコーディネイトして事業全体を管理できる体制を整えれば、中小零細企業にはできない大きな事業展開が可能になるし、農業生産力の向上をはじめ地域社会の活性化にもつながっていく。

６次産業化にしろＯＥＭ製造にしろ、成功のキーワードはブランド力だと私は思う。

茨城県鉾田市は、日本一のメロン産地と言われながら、メロン農家が減少している。出荷したメロンも他産地に運ばれて、そこで別の箱に詰替えられて再出荷しているという。ブランドが無いからそうしたことも起きてくる。儲からないから、農家のやる気を失わせているのではないだろうか。

私はこれまでの経験を少しでも生かし、お役に立ちたいと思い、５年前に「日本アグリ・ブランドカンパニー（ＪＡＢＣＯ）」を設立した。その名の通り、ブランド化のお手伝いである。

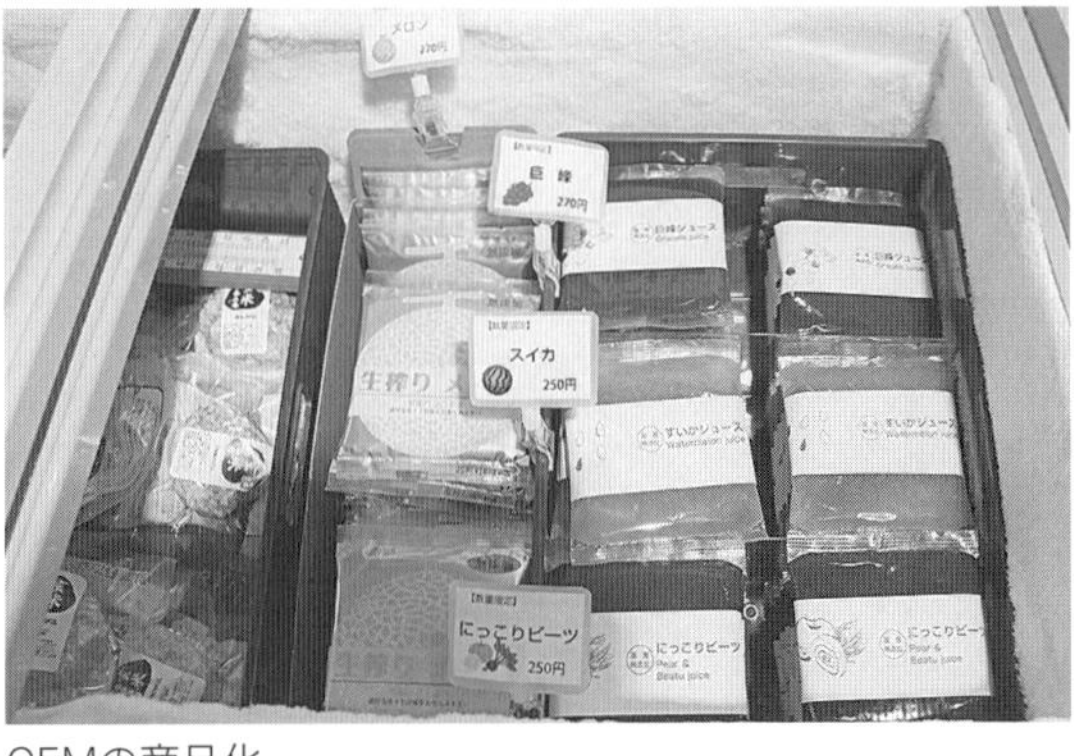

OEMの商品化

鉾田市産メロンを使ったジュースの商品化だけでは不十分と考え、工場内にホットライン（常温加工製造体制）も作り、スープ、ジャム、あんこ、などを作るようになった。生搾りジュースを作る「クールライン」と「ホットライン」で、6次産業化やOEM製造の一つの加工拠点になって、無農薬・無添加・生搾りにこだわった最先端の商品を365日作り続けていけるように頑張っていきたい。

自分自身と次世代の人へのエール

冒頭で述べたように、私は農業をするのが嫌でたまらず、二十歳になる前に独立自営の道を選んだ。子供のころから餓鬼大将で喧嘩っ早く、勉強嫌いだったが、「なぜ、なぜ」をとことん追求したのは負けん気が強かったということもあるだろう。

そんな私がいつも大切にしているは、「夢と情熱があれば叶う」という言葉である。これはどんな分野、どんな仕事においても当てはまる真実だと私は確信している。

それから私が大事にしていることは、事業の規模拡大を望むあまり、初心を忘れたり、良心を失うことがないようにという自戒である。甲田先生のご恩を忘れず、妥協を許さず、こだわりを持ち続け、当社でなければできない生搾りジュース作りを日々追い求めてきたのである。七十歳をすぎたいま、会社（ベルファーム）から少し距離をおいて（一人息子の成長を見守りつつ）、これから私が情熱を注ぎたいのは、東京に事務所を置く日本アグリ・ブランドカンパニーである。どこまでできるかわからないが、この仕事を続けるために、私は次の6つを自分自身に言い聞かせている。

①現役であり続けなければならない
②最高のレベルを求めなくてはならない
③自己と向き合わなくてはならない
④変化し続けなければならない
⑤仕事はこだわり続けなければならない
⑥大きい夢を持たなければならない

この言葉をそのまま、次世代の若者たちにもエールとして贈りたい。

平成20年、私はつくば市が定めた「つくば地域就農支援アドバイザー」を拝命し、新規就農者を受け入れて、これまで十人ほど育ててきた。農業経営に関わる技術を、わずか2年間で教える中で、「健康な野菜を作るためには土づくりが大事」という点を繰り返し強調してきた。

このこだわりは譲れない。しかしはたして、私の育成法は彼らのためになっていたのか、自分の独立当時を振り返ると疑問を感じるようになった。私は二十代のときに高度経済成長の波に乗り、商売でそこそこうまく行ったけれど、いまはそんな時代でもない。農業を2年間学んだだけでは、農業だけでの独り立ちは出来なかった。そうした反

ベルファーム・ジューススタンド

省にも立って、数年前にはつくば市自由ヶ丘地区には一戸建て2階建て住宅（シェアハウス）も建てた。

「夢と情熱があれば叶う」という言葉を繰り返しながら、きめ細かな指導方法で就農者の育成に取組んでいこうと思っている。

ジューススタンド店内

100年後の子供たちに伝えたい
丹波の景色

映画「恐竜の詩」監督

近兼拓史

ちかかね　たくし
1962年神戸生まれ
映画監督、作家、ラジオDJ
代 表 作：映画「恐竜の詩」映画「切り子の詩」映画「たこ焼きの詩」他
主な著書：80時間世界一周（扶桑社）安くてもスゴい！ジェネリック家電（集英社）他
主な番組：近兼拓史のウイークリーワールドニュース（ラジオ大阪、ラジオ日本で毎週放送中）他
現在丹波市内に映画館を復活させるプロジェクトを進行中。

私と丹波の最初の出会いは小学生の頃でした。

1962年に神戸市の長田区に生まれた私は、小学2年生の時にアポロ11号が月に着陸しアームストロング船長が月を歩く姿をテレビで目撃し、小学3年生の時には大阪万博で、人類の進歩と調和という名の近未来の姿を見せつけられました。まさに朝から晩まで科学万能と洗脳された、鉄腕アトム世代の子どもだったと思います。

現実には下町の木造長屋暮らしの我が家でしたが、自分が大人になる頃にはお正月には月旅行に行ける様な未来世界が訪れると本気で信じていました。ただし、一体どうやって未来の世界がやってくるのかは想像もつきませんでした。なぜなら、テレビの〝奥様は魔女〟で見るような、テレビもステレオも掃除機も自動車もあるカッコいい暮らしが、どうやっても自分の目の前にある下町の姿と重ならなかったからです。

私の自宅の前の路地は土の道で、雨が降ればぬかるみましたが、ビー玉で遊ぶには便利でした。時々鬼ごっこに夢中になって転げおちたミゾには毎年ボウフラが湧きましたが、アメンボやミズスマシもいる楽しい場所でした。ところが、未来は突然やってきました。ある日神戸市は近代化の名のもとに、町中の道路をコンクリートで舗装し、下水道の敷設率を100％としてしまいました。

確かに蚊はいなくなりましたが、あれほど騒がしかったセミまでいなくなりました。ぬかるみで靴を汚すことはなくなりましたが、泥だんごを作ることもビー玉で遊ぶことも出来なくなりました。学校までの道のりを歩くだけで、足の裏が痛くなるようになりました。「未来とは厳しい世界だなぁ」と思ったことをよく覚えています。

それからの変化は、アッという間でした。近所の子供達の昆虫採集スポットだった裏山は切り拓かれ、ニョキニョキと団地が建ち並びました。皆の遊び場だった空き地は工場になり、川もフタをされ広い道路になってしまいました。もはや大好きなカブト虫やクワガタ虫はおろか、カナブン1匹探すのも一苦労、毎年夏休みの課題で楽しみにしていた昆虫採集も遠い思い出となってしまいました。

ちょうどこの頃の神戸市長田区はケミカルシューズの街として急発展していた頃です。舗装された狭い路地の中まで軽トラックが荷受けにやって来て、内職のおばちゃん達がミシンを踏む音が朝から晩まで響くようになっていました。汗まみれになって働きながらも、大人たちは景気が良くなったことを喜んでいるようでした。

そうしているうちに、子供達の遊びも変わって行きました。家にはカラーテレビがやって来て、〝ウルトラマン〟や〝8時だョ! 全員集合〟の話をすることが学校で友だちとの日課になりました。でも、クーラーの効いた部屋でテレビを見るのも楽しかったですが、私は扇風機とスイカ、そして昆虫採集の日々のほうが楽しかったなぁと思っていました。

夏休みに入ると、毎日虫捕り網を片手に朝から夕方まで出かけては、1匹の収穫もないまま昆虫図鑑に見入る私を不憫に思ってか、ある日母親がデパートでカブトムシを買ってくれました。大喜びの私は、近所で働く仲良しのおじさんにカブトムシを自慢げに見せましたが大笑いされただけでした。

「カブトムシなんて夜窓を開けてたら、いくらでも家に入ってくる」と、おじさんはいうのです。私は「そんなことあるわけがない」と思いましたが、おじさんの目は本気のようです。そのおじさんは出稼ぎで神戸に働きにきていたんですが、家は山奥の「たんば」というところにあるそうです。そこでは昆虫採集になんかにいかなくても、毎晩街灯に群がるようにカブトムシやクワガタムシがやってくるというではありませんか。

子供たちにとって、カブトムシやクワガタムシは金貨にも等しい価値があります。そんなジパングの様な夢の場所があることを知って、行きたくないわけがありません。私は何日も両親に懇願して、おじさんの家のある「たんば」という場所に連れて行ってもらうことになりました。

丹波の里山風景

その日は朝から宿題を片付け、夕方早目にお風呂とご飯を済ませ、今か今かと出発を待っていました。父親の「行くぞ」という声に飛び跳ねるように駆け出しクルマに乗り込みます。虫捕りと虫かごを握りしめたまま後部座席で揺られること数時間。1時間ごとに「まだ？」と聞きながら、いつの間にか寝入ってしまいました。

5時間は走ったでしょうか、「着いたぞ」との声に眠い目をこすると、父親が道路わきの街灯を指さしていました。虫捕り網と虫カゴを持ってクルマを下りると、街灯の下には黒い水たまりのようにカブトムシやクワガタムシが集まっていました。その様子は私には、〝アリババと40人の盗賊〟の話で読んだ、金貨の山のように見えたことは言うまでもありません。震える手で1匹づつ虫カゴにつまんでは入れ、アッと言う間に虫かごはカブトムシとクワガタムシで一杯になってしまいました。

「たんばとは、夢のようなところだ！」と深く心に刻んだ一夏の想い出でした。夏休みが終わり、クラスの友達に自慢気に夏の日に訪れた「たんば」と言う黄金郷の話をしますが、中々信用してもらえません。まるで嘘つきのように思われ泣きだしそうになっている私に「丹波なら本当にそれくらいいるだろうな」と担任の先生が助け船を出してくれました。

先生は「さんだ」と言う山奥の町出身なのだそうですが、「たんば」と言うもっと山奥の街があって、そこは梨や栗がビックリするほどいっぱい採れる、豊かな土地なのだそうです。その後しばらくの間、神戸の一部の小学校の子供達の間で「たんば」は、一生に一度は行ってみたい夢の町となっていたようです。

「たんば」が「丹波」であることを知ったのは中学生の頃でした。夏になると父親とおじさん達が集まって、毎夜枝豆にビールで楽しそうに盛り上がっています。その宴が一段と盛り上がる時には、必ず黒い枝豆が置いてありました。

美しい緑ではない黒ずんだ枝豆は、子供には美味しそうに見えませんでした。不思議そうに見る私に「食べてみな」と父親が枝豆を差し出します。恐る恐る口にいれると、衝撃でした。「何だこの旨さは！」と目を見開くと、もう手と口が止まりません。あまりの勢いに父親が「そんなに食べたら皆の分がなくなる」と制したほどです。この摩訶不思議な枝豆は「丹波」からやってきたそうです。

丹波の特産黒枝豆

またもや私の前に現れた「丹波」。子供の頃に憧れた「たんば」が「丹波」であることを知り、ますます大好きになったことは言うまでもありません。

トドメは、丹波少年自然の家でした。高校のクラブの合宿に至るまで、何度もお世話になったそこでの体験は、いつまでも伝えたい少年期の楽しい思い出です。清流の音、森の香り、五感に響く日差しや風。そんな包みこむような自然が、自分の輪郭を感じさせてくれました。

やがて大人となった私は、丹波どころか神戸にもいる時間が減り、東京、ニューヨーク、ロンドンと、バタバタと世界を飛び回る生活を送るようになりました。しかし海外に出れば出るほど自分が日本人であることを痛感します。どんなに美味いハンバーガーやステーキを食べても、帰国すると欲しいのは味噌汁やおソバです。摩天楼で絶景の夜景の見えるホテルに泊まっても、下町の狭い我が家の方が落ち着きます。どこまで行っても私は下町っ子で、都会の100万ドルの夜景より、清流を舞うホタルの方が好きだったのです。

そんな細やかな下町の幸せが大好きで、それはいつまでもそこにあるものだと思っていました。しかし、そうでは無かったのです。

1995年1月17日、あの日私は自宅と実家、事務所を全て全壊で失いました。しかしそれ以上にショックだったのは、故郷の景色が無くなってしまったことでした。肩を寄せあうように立ち並んでいた木造の長屋も、毎日通った市場も、あまり売れているように思えなかった商店街も、おじさんたちが忙しく働いていた街工場も、皆無くなってしまいました。

街の皆さんの懸命な努力と、全国からの支援で復興は少しづつ進んで行きました。しかし生まれ変わった街の姿は、私の子供の頃から過ごした街の姿とは別の、整然としたコンクリートでできた未来の街になってしまいました。それが悪いことだとは思いません。地震や災害に強い街になったことでしょう。便利にもなっていると思います。それでも、胸にポッカリ穴が開いた気持ちは隠せませんでした。

一度失った故郷の景色は簡単には元に戻りません。それは建物のことだけを指しているのではありません。街とは、そこに暮らす人々のことを指すのだと思います。今を生きることに精一杯な庶民は、一度大きな災害に呑み込まれてしまうと、簡単には自力で立ち直ることが出来ません。強者から順に生活を立て直し、街の復興から取り残されるのは弱者ばかりなのです。経済的な強者も弱者もバランスよく肩を並べて仲良く暮らしていたのが、かつての神戸の下町の姿だったとすれば、経済的強者の比率が増えた今の下町の景色が違って見えるのは当然なのかもしれません。

阪神淡路大震災直後の自宅周辺の様子

私は、こんな思いは神戸で最後にして欲しいと思いましたが、そうはなりませんでした。その後も東日本、熊本と続く地震被害。地球温暖化の影響か、とどまることを知らない風水害。驚くほどの速さで、私たちの愛する日本の原風景が失われて行っています。

「記録できる間に記録しておかないと、失ってからでは記録できない」そう思って撮り始めたのが、映画「下町の詩」シリーズです。実は、このシリーズのなかには私の相反する想いが込められています。庶民の細やかな生活と故郷の原風景を描くことに意義を感じているのは、私が故郷の景色や風情を失ったからです。そんな経験のない人には、映画で描く当たり前の日々の姿は、お金を払ってまで見る価値の無いものに感じることでしょう。そんな想いもあって、私はこのシリーズが「とても良かった！」と絶賛されると「皆さんも何か大変なことがあったんですか」と不安になり、「面白く無かった」と言われると「何事もなく平和に暮らしておられるんだな」とホッとするのです。

阪神淡路大震災直後の倒壊した自宅の様子

丹波市を舞台に描いた、映画「恐竜の詩」では、大好きな丹波の美しい自然と優しい人々の姿を、できるだけ等身大で撮影することを心がけました。映画をご覧頂いた丹波在住の皆さんから「とても良かった」と喜んで頂けることはとてもありがたいんですが、「普通で面白く無かった」と言っていただけるとホッとする自分もいます。

実際、撮影がスタートしてからでもまだ3年、完成してから1年余りですが、既に撮影したシーンの中に、失われて今は無い場所があります。私の不安が杞憂であってくれることを願うばかりです。

映画の終わりには「この景色が１００年後の子供達にも見られますように」とメッセージを記させて頂きました。１００年後の子供達がこの映画を見て「今の景色と同じで全然つまらない」と言ってくれることを心から願っています。

映画「恐竜の詩」DVD アマゾンで購入可能
3,800円＋税

消滅しつつある地域農業・小農・集落と首都圏の過集中

辻井　博

つじい　ひろし
昭和16年京都市北区生まれ。昭和39年京都大学農学部農林経済学科卒業。
昭和48年米国イリノイ大学大学院博士号取得。昭和48年京都大学東南アジア研究センター助手、昭和49-50年東南アジア研究センター・バンコク事務所長。昭和53-54年アメリカ在ワシントンD.C.国際食糧制政策研究所(IFPRI)上級研究員兼任などを経て、平成6年京都大学教授。平成17年退職後石川県立大学教授。
現職：京都大学名誉教、石川県立大学名誉教授、国連大学招聘教授。日本農業経済学会名誉会員。地域農林経済学会名誉会員、(財)食の新潟国際賞財団評議員
日本では奥能登や京都北部などの農林漁家調査。農政研究。タイ・インドネシア・フィリピンなど東南アジア諸国、中国、トルコやアメリカの農家・コメ・食糧政策問題を調査研究。
トビラ写真：フィリピン世界遺産棚田を背景に

1．4カ所居住生活で日本とフィリピンの消滅しつつある小農・集落を考える。

私は過去33年間、日本で3カ所、フィリピンで1カ所の農村居住を通じ、集落と農業の過疎化・高齢化を見、特にフィリピンでその対策として社会活動を行ってきた。

第1は、２００２年から16年間、京都北部の丹後半島の海岸から５ｋｍほど入った際[※1]滅集落に１５０年ほど前に建設された古民家と山林を確保し、毎年7回程、合計50日ほどを過ごしてきた。

京大や石川県立大の学生とも一緒に滞在した。都会育ちの学生には良い体験だったと思う。この古民家は昔養蚕をやっており、三階建てで欅と檜の巨大な大黒柱の本宅と二階建ての古蔵、庭、柿とクリの樹園地と畑とからなる。研究者時代に国内、アジア諸国、欧米諸国で購入蒐集してきた膨大な書籍統計などを、本宅に多くの書架に入れて図書館としてきた。

この古民家に行くときは、書籍・統計の整理・利用・分析と著作、小さな畑の維持、果樹庭木などの剪定・手入れ・収穫、蕗、茗荷、三つ葉、イタドリ、ワラビ、タケノコなどの採集、ぬか漬け、本宅等の修理、集落の人々とつきあいと調査・観察をやってきた。過去16年間集落の過疎化高齢化を見、私にとっては悲しい、しかし興味深い体験であった。

第2は、２００５年から7年間の石川県立大学時代である。ここでも金沢から離れる程、農村の過疎・高齢化・耕作放棄・廃村が激しかった。ジャワの小型蒸気機関車を輸入し、能登の廃線後に走行させる社会事業を推進したが、まだ実現できない。

第3は、フィリピンルソン島北部高地の、隔絶した美しい生態環境の世界遺産イフガオ棚田地帯は、観光客は増加しているが、増加するほど都会の情報が入って来、若者が離村し、高齢化、棚田の耕作放棄と崩壊が進むという問題※2に直面している。

2014年頃からりそな環境財団の支援を受けて、この世界遺産の中のマヨヤオ棚田集落で、有機赤・紫玄米の加工と都市での販売と同棚田でのドジョウの孵化飼育販売の社会活動を、農家・農協・マヨヤオ市と海外青年協力隊員の協力を得て行ってきた。農家の所得が増えれば、高齢化した農家の子供達が離村せず集落で稲とドジョウの生産を続け、世界遺産棚田の環境・文化・社会が保全される。

2018年から4戸の積極的な農家が、各戸4つの大タンクでドジョウの孵化飼育と棚田でのドジョウと赤紫米の同時有機生産・販売を始めた。赤米や紫米を増産し、その一部を適切に包装デザインして経済成長しているルソン島都市部で販売する事業も、試験的に精米機を

ネパール・アンナプルナ近くの廃古民家と放棄棚畑

導入して開始した。この社会事業のため、２０１４年から毎年合計２ヶ月ほどマヨヤオの集落に滞在してきた。

第４は、京都市郊外伏見区の秀吉が築いた伏見城の外堀付近に過去33年生活してきた。住宅地であるが、今でもかなりの古い農家があり、水田、畑、果樹園と野菜の直販もあり、農村的でもある。

これら４カ所居住による日本とフィリピンでの私の体験と統計データにより、農村の過疎化、高齢化、消滅とその問題を検討する。

２．日本とフィリピンの農業・集落の消滅

Ａ．日本の農業部門は消滅しつつある

日本経済の構造は、国内総生産（ＧＤＰ）の産業別構成で示される。国の産業構造は農林水産業（本稿ではこれを農業と呼ぶ）、製造業・鉱業・建設業・電力ガス水供給（第２次産業）、第３次産業（商業・金融保険・不動産・運輸通信・サービス・公務）の３つに分けられる。

世界遺産イフガオ棚田-マヨヤオ集落{尾根部の棚田は耕作されているが、下の斜面の棚田は放棄されている}

図　日本経済構造長期(1955-2016)変化－農林水産業の長期的衰亡

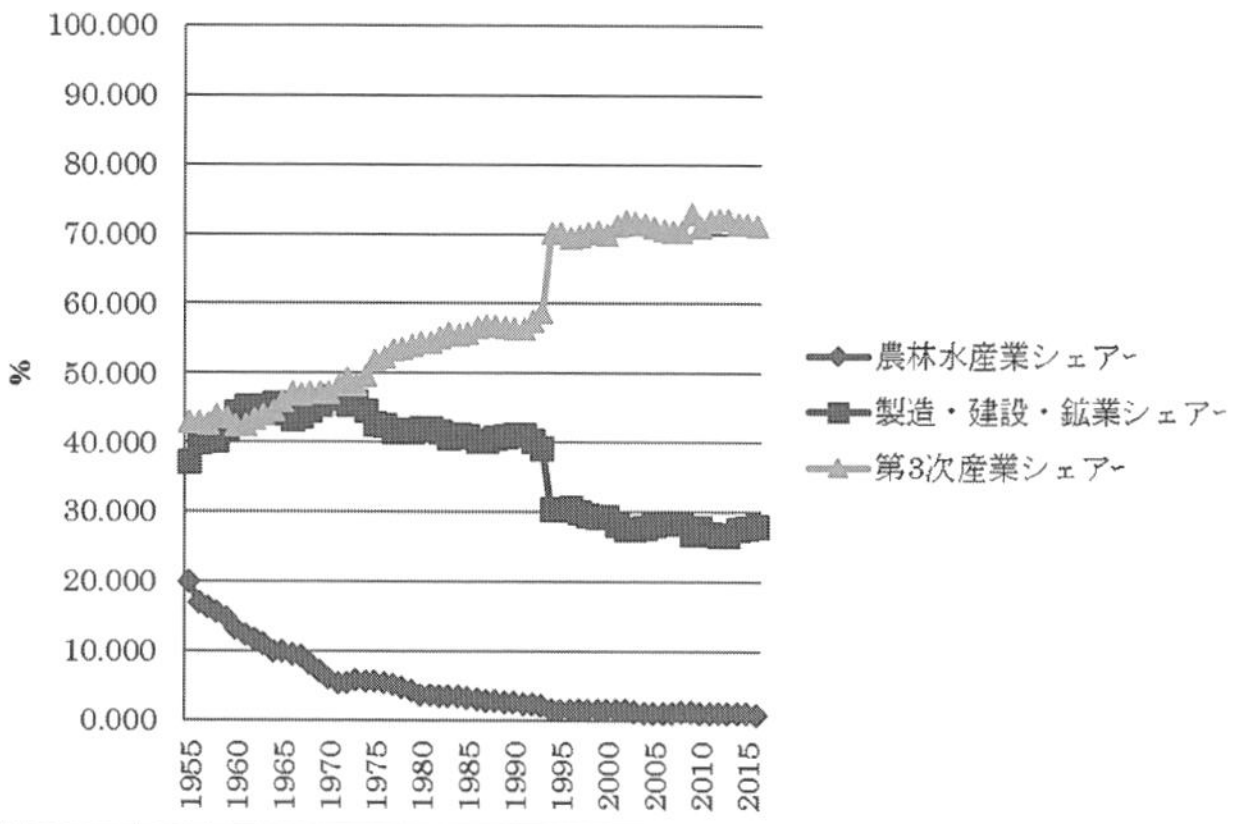

どの国も経済発展に伴い、ＧＤＰの構成は一般に、農業から第2次、第3次産業へ推移する。弥生時代の日本は、多分農業が60％ほどで、第2次産業と第3次産業はそれぞれ20％程であったろうと思う。上の図は１９５５年から２０１６年までの日本の産業構造の変化を、私が内閣府の統計を集計加工して図示したものである。１９５５年に日本の農業は日本経済の20％を占める重要な産業であった。１９４１年真珠湾攻撃の年に京都市に生まれた私は、１９５５年時点で今では完全に都市化された京都市圏の西大路通り沿いで沢山の水田と農家があったのを覚えている。京都中心部を３キロも離れると農村的だったのである。東京も多分同じような状況だったろうと考える。

　丹後半島にはこの頃多くの活発な集落と小農・文化・社会・経済が有った。この農業のシェアーは高度成長期に急減少し、１９６４年には10%、２０１５年には１%、２０１６年には０・83%になった。これは、１９８０年頃から悪化してきた農村での過疎化・高齢化が、90年代から全土で集落・小農の全面的消滅が起こっていること示している。この反面として、東京圏の過集中が悪化している。

第２次産業のシェアーは１９５５年に37%程であったのが、１９５１―73年の高度成長期に急速に拡大し、１９７０年には47%の最大値に達した。その後は傾向的に減少し、２０１６年には28%になった。第３次産業のシェアーは、１９５５年に43%であったのが傾向的に増大し、２０１６年には71%になった。日本経済は、このように農業から第２次産業、第３次産業へ移り、商業・金融保険・不動産・運輸通信・サービス・公務が国家経済の71%のサービス産業国家になった。

丹後半島の私の住む集落は、５戸が有人、その内中

丹後半島の山地集落水田：大面積の水田だけが2-3枚作られ、棚田は放棄されている{左下水田や後方山地斜面}

規模有機農家が１戸、大工が１、私と後２戸が無業である。無住の壊れつつある農家が25戸ほどある際滅集落である。私が生活してきた20年ほどの期間に、かつてあった集落の祭りが無くなり、親しくしていた老農も殆ど亡くなり、かつて何十枚利用されていた棚田は、今は大きいものが数枚である。近隣の集落はすべて有人の家が１－２戸になっている。

石川県では金沢から離れるほど過疎化、高齢化、耕作放棄が進んでいた。京都市の伏見では、１９５４―73年の高度成長期から、住宅開発が進み、私の家は１９８５年に畑地の転用許可を取って建築された。だから60年代は伏見旧市街の外は殆ど農地だったであろう。今は農家が点在する住宅地である。

B・農地の急減

農水省[※3]によれば日本の農地面積は１９６１年史上最大の６０９万ｈａから２０１６年の４０７万ｈａへ27％大幅減少した。さらにこの農地の内耕作放棄面積は42・３万ｈａにも登る。これは日本の食糧自給力を減少させ、食糧安保が脅かされる。丹後半島の集落や石川県の農業地帯では、農地の減少と耕作放棄はひどい。丹後半島の私の住む集落では、かつて耕作される水田は何百枚もあったが、今は大面積の数枚のみである。棚田は森林に変わっている。イフガオ棚田でも、多くの棚田が耕作放棄され崩壊している。

C．農村人口の高齢化と減少

日本の山間農業地域の65才以上の高齢者の比率が、2005年の31・95％から2010年に34[※4]・8％になった。丹後半島の私の集落と近隣の集落では、現在住人は高齢者ばかりで生産年齢人口はゼロである。石川県の山村でも同じである。フィリピンの棚田地帯でも若者が離村し、高齢化が進んでいる。

D．農業[※5]集落の減少

日本の農業集落（農業生産や生活を協同して行う集落）は、農村の過疎化・高齢化・耕作放棄の後で減少してきた。丹後半島の私の集落周辺でも、無人集落や1―2戸だけしか居住住居がない集落がほとんどである。

農水省[※6]の研究によれば、日本の農業集落数は1970年の14・2万戸から、80年14・2万戸、90年14・0万戸、00年13・5万戸、05年13・9万戸、10年13・9万戸とする。最近集落数が増えているとする。辻井が読んでみると著者の農水省や政権への忖度が感じられる。辻井が分かる範囲で修正し

丹後半島海岸から5㎞の廃古民家

た集落数は、05年12・8万戸、10年12・8万と減少している。紙幅の関係で説明できないが、辻井の数字の方が丹後半島、石川県、その他農業県の現実と整合性がある。

E．農家数の減少他。

農水省の統計では、10a以上耕作する農家は1970年に540万戸で1985年には438万戸になった。それ以後30a以下の小農は農政対象から切り捨てられ、1990年からは30a以上の農業経営体297万戸が農政の対象となった。以後その数は減り続け、2012年には150万戸、2017年には120万戸となった。

丹後半島のある老小農は、大規模農家のみが農政の対象になってきたと批判する。農政は生産性上昇のため、農地の貸借による農業経営の規模拡大に邁進してきた。かって多数の小農・集落は長く日本の文化・社会の基礎[※7]であった。しかし小農切り捨て政策は、日本から多数の小農と集落を消滅させてきた。また小農・集落の切り捨て政策は、食糧の自給力を、国民1人当たり熱量供給で1990年の1.9kカロリーから2017年の1.4kカロリーへ大幅に低めた。1991年のURや2015年のTPP、トランプのTAGなどの農産物輸入の自由化は、島国日本の食糧自給力、多数の農家と集落を基盤にした多様な文化・社会の消滅をもたらす。

3．小農・集落の消滅はなぜ問題なのか

日本の多数の小農と集落は長く小農と都市民への食糧の安定供給を担い、地域と国家の経済・文化・社会・生態系育み、地域分散的発展を担ってきた。どの国でも集落・小農は、集落の農業と環境の基礎である里山・草地・灌漑の利用規則を定めて、これら共有資源の荒廃・The tragedy of the commons[※8]を防止してきた。これが集落の農業と生態環境を存続させた。

日本政府は長く小農と集落の維持発展を農政の基本とし、それを示す「農業白書」には、毎年耕作放棄の増加、小農の減少、農業労働力の高齢化、食料安保の悪化と対策がしっかり記載されてきた。しかし上述のように、１９９０年頃から小農は農政の対象から排除され、小農と集落は消え去るべき存在とされてきた。実際今消え去りつつある。

去年の農業白書には集落と小農の保全は無視され、企業的大規模経営の育成と農林水産物の輸出促進が重視され、そのための農政が書かれている。稲作経営の規模拡大は国民の利益ではない。日本の米生産費が米国の9倍、タイの[※9]13倍で、補助金で規模拡大しても全く太刀打ちできない。外国の米は味が全く異なるから、輸入米を日本人は食べない。コメ危機の時輸入されたタイ米がほとんどが捨てられたことを思い出して欲しい。農政と国政は、小農と集落を保全し増やし、地域の経済・文化・社会・生態系を回復し、地域分散的、多産業的発展を追求し、食料安保を確保し、東京過集中を本当になくす方向へ転換すべきである。

4．日本の小農・集落・農業の消滅は東京都市圏の過集中の結果である。

東京都市圏は東京都と神奈川・埼玉・千葉で形成され、1955年から2018年まで年10―40万人の人口純流入があり、2016年に人口3775万人の世界最大首都圏となった。日本人の3割が同圏に過集中している。世界第二位は3132万人のジャカルタである。米国最大都市ニューヨークの人口が2136万人である。

2008年GDPは、東京首都圏が1.5兆ドルに対しニューヨーク都市圏は1.3兆ドルで、東京首都圏が経済でも世界最大都市圏である。米国は各州が憲法と軍隊を持つ連邦国家である。連邦首都ワシントンには、私は2年ほど住んだが、人口70万人ほどの小都市だが、世界へ強大な政治経済的影響力を持つ。

イリノイ州の大平原の真ん中にある小都市にも大学院生時代5年ほど住み、米国各地を旅行したが経済と政治の各州分散はすばらしい。私は限界を超えた東京過集中を正すためには、憲法を変え、日本連邦を造るべきだと思う。後述のように、現体制では東京圏に過集中した人口と政治経済が自己増殖を続け、地方の文化経済社会生態系が失われる。連邦制と分散的発展を可能にする憲法改正をすべきである。

さて、日本の人口分布史を簡説。考古学者は縄文時代には三内丸山遺跡の縄文カレンダーが示す豊かな食糧にささえられ多数の縄文人が豊かな縄文文化を育んで日本北部に住み、西日本には殆ど人がいなかったとする。しかし稲作文化が弥生人によって3千年前に長江下流域から※10北九州に伝えられると、水稲の高い生産力の故に急速に東方へ伝播し、西部日本の人口が急増し、日本北部の縄文人口は寒冷化もあって急減した。

古墳・飛鳥・奈良・平安時代には、統一国家の首都が奈良、大阪、京都に形成され、人口・経済・政治は首都を重点に奥州以南の列島にも分布した。平安・室町・織豊時代は、古代からの瀬戸内、若狭―琵琶湖―淀川の水運の要である大阪・京都で経済・政治・人口・文化が集積した。家康が江戸幕府を開くが、人口と経済は地方分散的であり、「日本の富の七分は大阪」と言われた。明治政府は廃藩置県と国軍の創設によって行財政と軍事の東京集権を進めたが、富裕層の多い関西が経済に重きを占めた。

１９３５年から戦時統制で企業の統合や東京移転が強制され、東京府と東京市の統合で東京都ができ、東京圏への経済・行財政・政治の集中が始まった。30年頃から44年までは軍需による高い経済技術成長があった。

戦後は１９６３年から２０００年代に5次の全国総合開発計画で国策として地方分散的発展が唱えられたが、全く逆に東京圏集中が進行した。憲法92条に「地方公共団体の組織及び運営に関する事項は、地方自治の本旨に基づいて、法律でこれを定める」とある。しかし、首相による知事の罷免権まである、国の事務の地方公共団体への「機関委任事務」が都道府県の事務の中で拡大し、地方自治を１９９９年まで制限した。明治以来の東京の地方支配の継続だ。

戦前戦中の経済・技術・政治の東京集中を基礎に、「日本の奇跡」と呼ばれた１９５４―

１９７３の年10％以上の高度経済成長とそれ以後の成長は、東京圏への政治・経済・人口を過剰集中させた。「日本の奇跡」は、農村、炭鉱、地方の膨大な労働力が年30―40万人も東京圏へ流入し、高い貯蓄率、円安、安価な石油、成長促進的財政金融政策と家計・企業の消費・投資の増大、１９６４年の東京オリンピックと建設ラッシュ等により実現された。

「日本の奇跡」での農業・農村からの膨大な労働力の東京集中は、日本農業・農村の崩壊・消滅の始まりである。その後、首都機能移転、副首都構想、道州制、地方分権等が議論されたが、強い反対論に押しつぶされた。そして地方の農業、集落、小農の消滅はさらに進んだ。東日本大震災で、Ｒｉｎｇ ｏｆ Ｆｉｒｅ上の日本での東京過集中の危険性は非常に高いが、政府も国民も何の根本対策も取っていない。結果として日本の農業農村と地方文化社会環境が崩壊消滅している。

５．これからやるべき事

東京過剰集中は経済学的には規模の経済、範囲の経済、集積の経済の原理が働き、政治財政でも多分同様の原理で引き起こされてきた。経済政治的分散発展の提案は沢山あったが、東京都市圏に人口と経済政治が集積するに従って集積体の利益が大きくなり、分散的発展案は無視され、東京都市圏の集中がさらに進んだ。そして地方の集落、小農、農業、経済、社会、文化、環境は破壊され消滅した。多くの集落が無人化し、田畑は森になり、祭りや村のその他行事も行われなくなった。日本の食糧自給力は落ち、食糧安保は弱体化した。

今やるべき事は、東京過集中を逆転させる政治経済的枠組みを作ることである。それはアメリカのような日本連邦「ＵＳＪ」を造ることである。これには憲法修正が必要だ。それは非常に難しく、憲法改正が必要だ。日本の地方分散的発展を実現するため、我々の手のひらの宇宙から始めて、賛成者を集め、全国的政治活動が必要だ。協力して日本の地方分散的発展を実現しよう。

※1　農水省は人口9人以下・高齢化率50%以上の集落を存続危惧集落としている。長いので本論文ではこれを際滅集落と呼ぶ。消滅の際にある集落という意味である。高齢化率が50%以上の集落はこれまで通り限界集落とする。
※2　UNESCO.Impact.2008.Hiroshi Tsujii,” Severe Abandonment of Rice and Millet Terraces in Ifugao, Himalaya Foothills, and Japan and the Similarity in the Reasons of the Abandonment.” a resource paper, 2016.
※3　農林水産省「荒廃農地の現状と対策について」2頁、2017年7月。
※4　農水省「農村の現状」平成24年農業白書。
※5　農業集落とは農業生産と生活面で協同している集落。
※6　農林水産政策研究所（橋詰登）「人口減少下における集落の小規模化・高齢化と集落機能」2011。
※7　柳田国男「遠野物語」1910、長塚節「土」1912。
宮本常一「忘れられた日本人」1960。
※8　Garret Hardin, “The Tragedy of the Commons,” Science, v.162, 3859, pp.1243-1248.
※9　辻井　博「世界コメ戦争」、家の光協会、1988.
※10　柳田国男、「海上の道」1961。
伊藤俊幸「日本人の起源」　2012.

丹後半島準廃村のおばーちゃんの片道３時間の買い物

種子法廃止と未来の食を考える

東間　徴

とうま　あきら
1943年　大分県出身。

1995年阪神淡路大震災で被災。

同年、都市を捨て丹波に移住。

自給中心の小農的暮らしを続ける傍ら、「ＮＰＯ法人バイオマスフォーラムたんば」を設立。

2018年9月より「種子（タネ）からはじまる農と食を考える丹波ネットワーク」事務局長

見過ごせない重要法案

私は、24年前の阪神淡路大震災で被災し、人工的ライフラインがストップしたら水も食料もエネルギーの自給もできない都市文明の脆弱さを知り、それを機に丹波に移り住んで今日まで百姓の真似事をしながら田舎暮らしを続けてきました。

この20数年の間に数多くの自然災害がこの国を覆い、ついには福島原発事故というすさまじい人災を引き起こしてもなお、国民の多くが都市型文明の再復興、再々復興を唱和するのを不思議な気持ちでみてきました。南海トラフの大型地震が確実に起こると予測されても、各地の火山が噴煙を上げても、なぜか原発は再稼働され、高層ビルが新設され、非日常は片隅に追いやられ忘れ去られていくかのようです。

そうした中でこの一、二年、国民の生活に直結する公共の資産が民間企業に移管される法律が、次々と国会を通過し、その一部は、ほとんど国民に知らされないまま施行されているものもあります。例えば「改訂水道法」、「森林経営管理法」、「高度プロフェッショナル制度」、「入管法改正」、「IRカジノ法」そして「主要農作物種子法廃止法」などなど。そのほか政府直轄の「規制改革推進会議」のワーキンググループによる農協・漁協が管轄する農地の一部や漁業権を改訂して企業が参入し易くする規制改革などです。

どれをとっても、見過ごすことのできない重要法案ですが、いずれも与党の数の力で国会を通過しています。国会で議論されずに省令で変えられてしまった法律もたくさんあります。ここでは、私にとって百姓の真似事すら許されなくなるかもしれない「種子法廃止法案」が、密かに成立してしまったことを取り上げさせて頂きます。

「種子法廃止法案」とは

一昨年（２０１７年）４月14日、戦後65年間続いてきた「主要農作物種子法」（種子法）を廃止する法案が、衆参両院で可決され、昨年４月１日より施行されました。

「種子法」は、主食であるコメ、麦、大豆の優良種を保護するために国が都道府県に生産と普及を義務付けた法律です。この法律のおかげで、各地の気候風土にあった冷害や病気に強いコメなど、全国各地で約１０００種類近くのコメを栽培し、３００種以上の銘柄米を普及させてほぼ１００％自給してきました。その大切な法律が、農業者や消費者である国民にも一切知らせることなく、葬り去られてしまったわけです。

種子法廃止法の施行に先立って、国は種子法廃止後の都道府県の役割について、農水省事務次官通知（２０１７年11月15日）で、要旨以下のように指示しました。

「種子法やその運用規則は廃止するが、直ちに種子生産を取りやめるわけではない。都道府県は民間事業者の主要農作物の種子生産への参入が進むまでの間、種子の生産に係わる知見を維持し、それを民間事業者に提供する役割を担う」と。

つまり海外の多国籍企業を含む民間大企業が日本の稲、麦、大豆の種子市場に参入したら、都道府県の農業試験場等が蓄積してきたタネの知的財産を全て提供し事業を終了しなさいという趣旨の内容でした。

この「次官通知」以後、急速に農家、ＪＡ、消費者等国民の間で不安が広がり、まず都道府県下の各市町村議会で反対や抗議の意見書が採択され、埼玉、新潟、兵庫の各県議会で「主要農作物種子生産条例」を制定。国に代わって原種、原原種の生産、普及に係わる運用規則を定めて、当面の生産継続を保証する動きが広がり始めています。

野党各党も作年4月19日立憲、共産など5党1会派が「種子法復活法案」を議員立法で国会に提出。自民党が審議に応じ、全会一致で6月から衆議院農林水産委員会での審議が開始されました。すでに廃止した法律を復活させる審議に与党が応じたのは異例中の異例なのに、すでに半年以上も審議を継続する事態となっています。

種子を守れなくなる不安広がる

こうした中、全国各地で種子法廃止に異議を唱える講演会、学習会などが開かれ、食の安全を求める市民の関心も高まっています。私が暮らす兵庫県丹波市では7月30日、「種子法廃止とこれからの日本の農業」と題する山田正彦元農水大臣の講演会が開かれ、会場に立ち見が出るほど参加者であふれました。

山田元大臣が中心になって立ち上げた「日本の種子（タネ）を守る会」は、地方農協役員、消費者団体、生協、学者、文化人、種子販売業者、ＮＰＯなど様々な人々が繋がって、全国で種子法復活のための様々な活動に取り組んでいます。

丹波市では山田さんの講演会後「種子（タネ）からはじまる農と食を考えるたんばネットワーク」が立ち上げたフェイスブックのグループに１０００人を超える人たちが集まっています。こうした市民の関心の高まりに呼応するように山形、岩手両県が主要農作物種子条例を制定。北海道や長野県も独自の条例化に着手。宮城、富山、岐阜、福岡などの各県にも条例制定に向けて種子を守る動きが加速しているのです。それは裏返せば、それだけ種子法が廃止され公共の種子を守る法的な後ろ盾がなくなってしまったことへの不安が、各地に広がっている事実の反映でもあります。

大阪府は２０１８年度から種子生産業務を府の種子協会に丸投げし、公的支援を打ち切りました。費用助成もないまま次年度のタネの価格を据え置くことで混乱を回避している種子協会側は、費用増大への対応に困惑しており、大阪府同様奈良、和歌山も品質保証などの審査業務を種子協会に業務移管を行うにあたって、その費用を種子価格に転嫁せざるを得なくなると不安を隠せないでいます。

今のところ種子法という根拠法がなくなって費用等の公的支援を打ち切ったのは関西の数県だけですが、市民団体が全国47都道府県を対象に行った「主要農作物種子法廃止法施行後の措置に関するアンケート」によると、東京都の「数年前から種子生産より撤退している」とする回答は例外として、ほぼ全ての道府県で従来通り農家の不安に配慮して自治体が国に代わって自腹を切る支援をやめられない実態が浮き彫りになっています。財政難で苦しむ自治体がいつまでこうした負担に耐えられるかと思うと、種子の販売価格の上昇は避けがたく農家を直撃することになり、それがたちどころに米作農家の過当競争を促し、やがて日本の米作りを担ってきた農家は消滅し、アグリビジネス企業に取って代わられた農村の姿が目に浮かんできそうです。

戦後の「ネコの目農政」

日本の農業の戦後史を振り返ってみると、1961年、当時の池田内閣は所得倍増政策の農業版として米国モデルの「農業基本法」を制定しますが、それは敗戦直後の自給的農業を基本とした「国民を飢えさせない政策」から日本の農政を根本的に転換して、資本蓄積を目的とした農業経営に脱皮することでした。それは同時に小規模零細農家が組織した農業協同組合（ＪＡ）の弱体化を狙う米国の強い意向を背景としたものでした。

60年代以降の日本の農業政策は、俗に「ネコの目農政」と揶揄されるように、米国からの農作物の輸入圧力に翻弄されて猫の目のようにくるくる変わる一貫性のないものでした。直訳すれば「工業優先、農業切り捨て」政策で、農村の機械化、省力化で余った若い労働力は都市の労働力となって何百万人も農村から都市に移動し経済成長の原動力となり、農業を犠牲にして経済発展を遂げてきた歴史でした。

日本の耕地面積は、国土の13％しかありません。政府のかけ声で八郎潟が埋め立てられ北海道での大規模畜産が奨励され、補助金漬けの集約型農業が始まりますが、結局零細農家を基礎とした日本独特の農業とは馴染まないのです。海外の輸入産品との競争は、もともと農業規模と生産コストの圧倒的な体力差を埋めることは不可能なのです。

86～94年のＧＡＴＴ・ウルグアイラウンドで、当時農業不況下の米国から牛肉、オレンジの輸入拡大を迫られ、「コメ、畜産、果樹」に特化した「儲かる農業」が打ち出され、農業機械、農薬・化学肥料を導入した集約農業で牛肉・オレンジ、コメ、野菜などの自給を確保し、一方大豆、小麦、菜種などは輸入に回して自給は放棄する政策がとられました。その結果、競争に敗れた畜産業者、ミカン・果樹業者は大量廃業に追い込まれ、自殺者、離農者が続出しました。

農協は小規模農家の組合組織として、資本の論理では通用しない日本の自然条件や地理的気候的な特性を活かして持続的農業を必死で守ってきましたが、こうしたことの繰り返しが今日まで続いた結果、ついに最後に残った主食のコメの自給まで放棄していかざるをえないところまで分断され、現在の状況に繋がっていると私は思います。

ちょうどその10年が終わった1年後に、阪神淡路大震災が起き、被災した私は都市を捨て農村に移住するのですが、まさに日本農業の終わりの始まりという印象でした。

農民作家・山下惣一さんの予言

私は当時、農的暮らしをするに当たって、稼げる農業ではなく、安全な食糧を自給する「半農半Ｘ」の農夫になろうと考えていました。農民作家の山下惣一さんが、ミカン農家として廃業に追い込まれて、後継者の息子さんの離農をきっかけに書いたルポルタージュを読んで、農業自由化、国際化は、結局は生産の縮小と、食糧の海外依存を高めるだけで、自分の目指す自給的暮らしとはなじまないと切実に思ったのです。

山下さんは「農民が農業を担ってきたから、農業を守ることは農民を守ることだった」という。だが、この国際化の時代に自給的農業で、生き残れるのか？　自給の原点は、自分で作って自分が食べることだ。これでは経済は活性化せず、雇用の創出も望めない、という批判にどう応えるのかと問いかけていました。これは、農業に携わる人間に絶えず問われます。そして農家と製造業労働者の平均賃金を当時の統計で示し、農民の所得は中小企業労働者の半分、大企業労働者の４分の１にすぎない。だから農業就業人口は極限まで減り続けるから、もう農民に農業はまかせられないというときが必ず来ると、山下さんは予言していたのです。

「農業の効率化、近代化が進み、ついには〝邪魔なのは農地法だ〟となる。農産物の自由化の行き着く先は農業への資本参入の自由化だ」と喝破していました。ならば、どうするか？　と思ったときから20年以上がすぎて、いま山下氏の予言通りになっています。農林水産省の統計によるとかつて６００万戸あった農家がこの半世紀で半減。販売農家（耕地30アール以上か、年間販売額50万円以上）は１８０万戸で、就業者数３００万人（半数が70歳以上）です。

その間、農業と全く無縁の暮らしをしてきた圧倒的多数の国民は、自分の子どもたちの食の未来をどう考えてきたのでしょうか？　農民だけで農業を守ろうと懸命に汗を流してきた農民も、老残の身を晒しています。

現在、日本の穀物自給率は27％しかなく、１７５カ国中１２０番目辺りを推移しており、危機的状態です。これまで種子法があったおかげで、主食の米は１００％自給できていますが、大豆４％、小麦11％、コーンは０％で、コメ以外の穀物はほとんど海外、殊に米国に依存しています。種子法廃止は米国に主食のコメを譲り渡し、モンサントの遺伝子組み換えのコメを輸入するという、食の安全・安心を根本から脅かされる時代に入ったことを意味します。これは、決して農村、農民、農業だけの問題ではなく、気候変動に伴う食糧危機と直結した国民生存にかかわる重大事態ではないでしょうか。

「種苗法」で在来種は守れるのか？

農水省は、種子法が廃止されても、「種苗法」があるから大丈夫だと主張しています。種苗法は、植物の新品種を開発した育成者の知的財産権を認めた法律で、１９９８年制定されました。国際条約のＵＰＯＶ（ユポフ）条約の改定（１９９１年）に基づき、育成者権を特許に近い独占権として認めたことに順応して法制化したものです。種子法が国民の食の安全・安心を国が保証する目的とは対照的に、種苗法は種子の開発者の特許権を守るのが目的で、特許権を得るには巨額の費用が必要ですから、事実上大企業のための法律です。

日本の野菜のタネは、種子法で守られる対象ではなく、50年前まではほぼ各地の伝統野菜が農業者の自家採種によって100％自給されていました。しかしその後、国際種子業界による野菜や穀物の新品種開発が進み、急速に一代雑種のF1（エフワン）種子が普及し、数十年で世界中の種子が、モンサント（現バイエル）、シンジェンタ、デュポンなどの多国籍企業に集約されています。

その結果、農家にとっては自家採種の手間も省けて作りやすく、均一に収穫できることから、現在ではほとんどの野菜の種は毎年買い換えて作付けされるようになっています。最近その値段が20～30倍にも跳ね上がって問題になっています。20年前に種苗法が制定された当初は、農業者の自家採種の権利を例外的に認める措置を設けて伝統的な農家のタネ採りが黙認されていましたが、種子法廃止と同時に、その例外措置を農水省令で撤廃してしまいました。

ですからこの数年で品種登録された数百種類の野菜や果物には特許権が認められ、違反すれば懲役10年以下、または罰金1000万円以下の罰則がつき、共謀罪も適用されることになっています。つまりこっそり省令で変えておいて、毎年数十種類もの新品種が追加登録され、トマトやナス、大根などメジャーな野菜がどんどん自家採種できなくなっています。気づいた時には数十倍もの高いタネを毎年買わなければならない仕組みに今なってきているというわけです。

種子を制する者は世界を制す

「種子法」廃止は、種子（タネ）の問題です。いま生命のもとの世界のタネは、モンサント、シンジェンタなどアグロバイオ多国籍企業6社ほどで独占され、世界の種子市場を制するものは世界を制すると言われています。

中でもモンサント社は、ベトナム戦争で使用された枯れ葉剤で有名な除草剤「ラウンドアップ」を開発した農薬メーカーです。このラウンドアップに耐性をもった大豆やトウモロコシの遺伝子組み換え（GM）種子とセット販売で、世界のシェアの90％を支配しており、この20年間で国際穀物市場の4割を遺伝子組換え作物が占めるに至っています。

そのモンサント社はGATTウルグアイラウンドで、日本がコメ市場を開放した1994年に、日本のコメの主要な品種の遺伝子情報を全て手に入れており、99年にはカルフォルニア米のGM種子「カルロース」を日本で試験栽培しています。子会社の日本モンサント社は「とねのめぐみ」を茨城県から奨励品種登録が承認され、すでに販売していますが、これは一代交配のF1種であり、GM種子はまだ控えています。もし政府がコメのGM解禁をすれば、いつでも参入できる状況です。

現代の「食」を巡る問題の根本は、人間による遺伝子解明が進み、様々な生物の遺伝子操作を可能にした生命工学のテクノロジー開発によって、「食」の分野に重大な問題を引き起こしていることです。

前述した野菜の種の一代雑種「F1種」は、その端緒を開くもので、2代目からは雄性不稔となるため、農家は毎年種子を購入するようになったことです。種子が多国籍企業の資本蓄積を可能にしたのです。モンサントら多国籍企業が、コメや小麦のGM種を育種権登録して世界中でコメや小麦の優良種、希少種を淘汰して巨額の資本を得るという時代がもし来ることになれば、日本の食の安全は根本から崩れてしまうでしょう。

しかし、そのモンサント社が、除草剤ラウンドアップを使用して肺がんになった市民から告発され、つい最近320億円の賠償金をカルフォルニア裁判所から命じられました。日経新聞によると、同様の訴訟は全米各地で約8000件以上あり、少なくとも今後総額1兆円に達するとされ、モンサントを買収したバイエル社の株価が20％急落したと報じられています。

農業問題はつまるところ「消費者問題」

ところが、余り知られていませんが、日本の農薬使用量は世界一で、EUの100倍に達しています。その上に昨年末、厚生省は、発がん性の高いラウンドアップの主成分グリホサートの安全基準を30～400倍も緩和しました。政府はすでに70種の遺伝子組換えコメの栽培を認めており、種子法廃止以後の日本の食の安全はきわめて警戒すべきレベルです。放射能の垂れ流しに慣らされてしまっている国民の感覚が災いして、今や、米国内はもとより、EU各国、中国、ロシア、インド、韓国をはじめラウンドアップが使用禁止、輸入禁止となって閉め出される中で、日本だけが大量に輸入拡大を強いられることになりかねないことが、最も心配されます。

国民一人ひとりが声を上げ、NON！ GMOの声を上げ、行動することが求められます。

農民作家・山下惣一さんの持論「農なき国の食なき民」という文脈で、「農業問題や食糧問題は、農家の問題ではない。消費者の問題だ」と言うくだりがあります。農家の問題は所得であって、食料ではない。消費者は自分たちを守るためにこそ身近な農業を食い支えなければ、生きていけないが、農家はどんな時代になっても自給分は作り続けていくからと言うわけです。しかし、種子法廃止後のこれからは、その農家が作る自給用の種が、自家採種できなくなる時代が来る可能性さえ否定できなくなっています。

みなさんどうしますか。

「丹波王国」が目指す事
―にんにく栽培を手始めに、夢広がる

野花志郎

のばな　しろう
昭和16年生まれ　丹波市出身。
兵庫県立氷上農業高校を卒業後、転職歴８回。60歳の定年を機に丹波市へＵターン。数年後、農業に従事する。
合同会社　丹波王国（2017年法人化）代表。
ＮＰＯ法人　丹波里山くらぶ理事長

「その響きを聞いた瞬間、ピンときた」

にんにく生産組合、というのが、はじめにわしらが考えた名前。でも、そういう名前で良いんかな、という思いが、どこかにあった。そんな考えでは、すぐに埋もれてしまうんじゃないか、と。

友人のAさんが相談を持ち込んで来たのは、3年ほど前のこと。

ある大阪の業者が、にんにくを作ってくれる農家を探して、あっちへ1反、こっちへ2反という風に頼んで回っている。だけど、なかなか広がらなくて困っている、と。業者としては最低でも、契約栽培面積を2町歩か3町歩ほどまで増やしたい、そうでないと商売にならん、とのことらしい。

そこでとりあえず、その業者に会って話を聞く限り、にんにくは今は稼げるように見えても、すぐに全国的に普及するだろうと思った。そのことは、業者にもその場で直接言った。先行メリットは長くて5年、短かったら3年で、じきに全国に普及してしまう。そうしたら値崩れして、機械代等の投資を回収できない、ムリだろう、と。

一方で、以前から唐辛子を一緒に作っていた仲間の農家らには、一応このにんにくの話をしてみた。すると、意外に好感触で、にんにくの話おもしろいな、もしあんたが取りまとめてくれるんだったらやるわ、と何人かが言ってくれて、すぐに合計1町歩ほどになった。

でも、にんにく作りにはもう一つハードルがある。安定した品質のにんにくを出荷するには、収穫後に乾燥させる必要がある。業者に尋ねると、にんにくを乾燥させるには、これこれこうやって、ビニールハウスで乾燥機を使ってやる、とのこと。乾燥機を置いてみんながにんにくを搬入できるようなビニールハウスが必要なわけだけど、自分たちのところにはなかった。

そこで、地元で大規模に花や苗の温室栽培をしている農家に相談してみたところ、あいているハウスを一部貸しても良い、と言ってくれた。これで乾燥所のめども立った。ああ、それだったらやるか、と。

ここまで来ると、自分たちのグループの名前（のちの、合同会社の名称）が気になった。生産者からも消費者からも、これは、と思って集まってもらえるような名前が必要なんじゃないか。するとある人が、こんな提案をしてくれた。

「野花さん、もし、今までにない新しいことを始めるなら、丹波王国、というのはどうです？」

その響きを聞いた瞬間、ピンときた。お、それはおもしろい。

思い出したのは、前職で全国を転勤して回っていた頃のこと、長野県の山奥の方との会話だった。「（出身は）どこですか、言葉が違うけど」と尋ねられて、丹波篠山のちょっと奥の方です、と答えると、「丹波、あんなところから、ああそうですか……うちも田舎やけど、丹波篠山も田舎でっしゃろね」との返事がかえってきた。こんな遠くの方でも、丹波のことを知ってくれている、それがとても印象的だった。

丹波王国。この名前なら、全国どこに行っても、なにかわくわくして注目してくれるんじゃないか。それや。それが良い。何も、良いにんにくを作ることだけが私らの夢の全てじゃない。この先もっといろんな農産物で、もっと大勢の農家に関わってもらって、全国のお客さんにも喜んでもらって、結果として地元の農業が元気になり、地域も元気になり、若者も育っていく。そんな夢を懸けられる名前やな、と。

調べてみると、「丹波王国」は商標権上も問題がなかったので、すぐに商標登録した。

それで、この名前で呼びかけたところ、にんにくの作付面積は、初年度から4町6反で始められることになって、2年目には農家40人で10町歩、3年目の昨年は農家80人で15町歩にまで広がった。これには、行政の農業振興の担当者も、みんな驚いてたね（笑）。

そうして今、にんにくの他にも、いくつか新しい農産物を扱う計画が進みつつある。丹波王国の名前のおかげかも知れん、いろんな人が集まってきて、夢が広がっていく。

国のパワーアップ事業を活用して大型機械を導入

にんにくの作付面積は、いきなり4町6反で始めて、3年目の昨年は15町歩にまで広がった。どうしたら、そんなに急に広まるのか、と農協や行政の職員にはとても驚かれているけど、まだまだ声をかければ広がる余地があると思う。でも、にんにくについては、一旦この規模までで抑えるつもりでいる。というのも、丹波王国のサポート体制が、そろそろ目一杯で、これ以上はサポートが行き届かなくなって、かえって農家に迷惑をかけることになりかねないから。

丹波王国では、にんにくを作ってくれる農家には、毎月畑を巡回して生育状況のチェックとアドバイスをするし、大型機械類を出したりして、耕耘、肥料・防除薬散布、植え付け、収穫などのサポートもしている。また、栽培に必要な資材や肥料は、直接業者と話をしてまとめて安く調達し、割安で農家に提供する。収穫した後は乾燥機で乾燥してから出荷する。これだけのことをきちんとこなすには、今の装備や体制では15町歩くらいまでがちょうど良い。その先は、来年、再来年と順調に回ってるのを見極めてからの相談かな。

装備といえば、大型トラクター2台をはじめ、肥料散布機、植え付け機5台、収穫機（掘り取りの専用機械）5台、ルートシェーバー（根と茎を切る機械）2台など、個々の農家が最初に大規模な投資をしなくても参加できるように、丹波王国が1年目から買いそろえてスタートした。これらは、さすがに簡単には買い足せない。他にも、大型冷蔵庫、真空パック機、黒にんにく製

農機具

造機、回転釜など、保存から加工までに必要になる機械類も揃えている。

　これだけの機械を買いそろえるのは、もちろん、自分たちの資金だけでは賄えない。はじめは1～2町歩で始めようか、と言っていたのが、5町歩ほどまで増えたので、当時の地元の丹波市長にも直接相談した。丹波の新しい特産品を作ることになるから、資金的な補助を何か考えてほしい、と。

　すると、市長が「そら、にんにくやったらね、養父《やぶ》がすごいですよ」と言った。確かに、養父市のにんにくは農業特区で手厚くサポートされて、5年目で面積は4町歩ぐらい。でもこっちは、今年からスタートするけど、作付面積は5町歩や、というと、市長は「えーっ」と目を剥いた（笑）。

　そこで、市の担当職員が、国のパワーアップ事業を探してきてくれて、一緒に補助金の内容を検討して、申請にまで漕ぎ着けた。

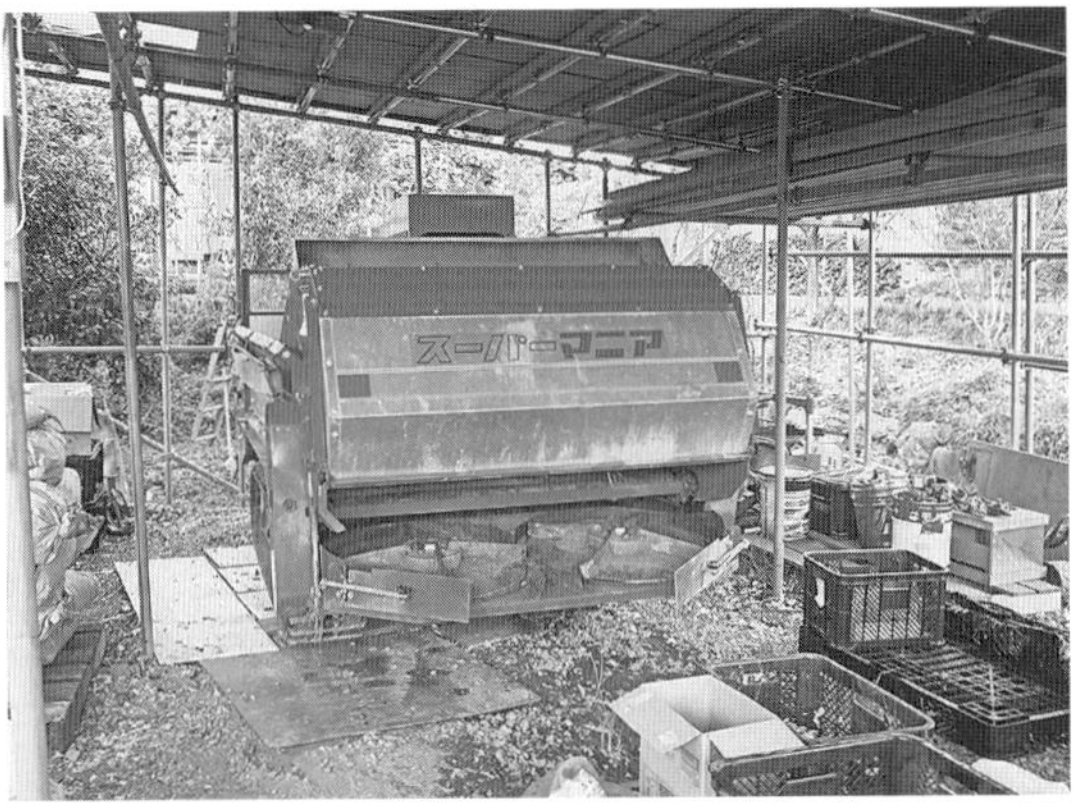

農機具と資材

営農指導プラス農家同士でノウハウを共有する形を

そうやって機械をそろえて何をしているかというと、農作業の効率を高めながら品質を上げるサポート。作付面積が1反そこそこなら、農家の今ある道具でもなんとかなるけど、3反以上になってくると、それでは難しい。そこは、大型の機械を出して、一気に耕したり、肥料を撒いたり、専門機械で収穫したりする。また、収穫後の乾燥処理なんかも、機械を入れて、ある程度大規模にやることが品質の安定につながる。

丹波王国では、営農指導も大事だと思っている。厳密には、営農指導という言葉を使うと多少語弊があるのかも知れないけど、植え付け前の土づくりから丁寧にアドバイスして、植え付け後は、毎月1回生育状況をチェックに行く。そこでうまく育っていない場合は、生産者に立ち会ってもらって、改善点を相談する。そのとき、ここがこうアカン、こうしなさい、と一方的に指導するのじゃなく、今ちょうど誰々さんとこが上手にしてるから、あの人の畑を見せてもらったら良い、直接コツを教

にんにく乾燥の準備

えてもらったら良い、という風に、農家同士で教え合う、助け合うような形を奨めるようにしている。

指導員個人が教えられることには限界があると思っているので、農家同士がノウハウを共有し、一緒に取り組む仕組みにする方が、長い目では農家や地域のためになる、と思う。だから、丹波王国では、人と合わせるのは嫌だとか、自分勝手にしたい、という人にはやめて貰うよ、と最初に説明している。

始める前に、まず売り先を考える

丹波王国のにんにくは、最初から、業者が全量買い上げる契約で進めている。もちろん、品質の良いもんを作るのはこっちの責任で、それをクリアできたら、作ったら作っただけ、全部買い上げてくれる。こうすると、農家は頑張れる。良いもんを、できるだけたくさん作りたい、と思ってくれる。

もしこれが逆だとどう思う？　今年はたくさんできたから、もういりません、と言われたら？　次の年から誰も作らなくなる。そらそうや、作り甲斐ないもん。怖いもん。腰がひけるわな。ヨソの悪口を言うたらあかんけど、こういうやり方が多いから、あちこちで産地づくりが伸び悩んでいるんだと思う。

全量買い取りは、以前から、僕が業者と交渉をして契約栽培する作物ではいつも言うてきた。

セリやら唐辛子やら手掛けたときにね。

僕はいつも、新しい作物に興味を持ったら、自分が1反なり2反なり、まず試しに作ってみて、うまくいったら人に声を掛ける。声を掛けるときには、もう業者と話をして、売り先の見通しを立てておく。良いものができてから、さあどこへ売ろかではアカンと思うから。

セリのときは、はじめ、自分のところで炊いた佃煮の見本と生のセリとを箱に入れて、京都の大手の漬物屋に送った。そうしたら、向こうから電話があって、一回見せてほしい、というて来た。こちらに来て言うには、これは面白い、試作したいから50kgだけ分けてほしい、と。思わずこう言い返した。

「あんたんとこは、そこそこ大きい会社やないの。新しいもの作るのに、50kgと言うようなら買わんと帰ってくれ」と。たしか最初1kg350円ぐらいで話をしていたので、たいした金額にならん。「それで新商品を開発するような、ちょろこい会社やったらいらんわ！」って

にんにく植え付け

言うて。従業員三百何人居るところで、50kgというような話をされたら、大した会社じゃないな、と。そしたら、500kgにする、と言った。

その後しばらく取り引きは続いて、最終的に、2反の田んぼで、2.5トン採れるようになった。全量買い取りで。昨年は、他が忙しくてしばらく行けなかった間に、カモに全部食べられてしまった。全滅してしまったので、セリは手間がかかるから、息子の代になったらうちはもうできませんし、他で買って下さい、と言ったんだけど、値上げしてもいいからどうしても続けてください、と頼まれて、もう一度植え直したところ。今は1kg550円くらいかな、これでもよそより安いと思う。一束ずつだったら、道の駅の方が高く売れる。一束が大体350gくらいかな、3束で1kgくらい。でも、道の駅では、売れる量が少ないからね。

いろんな仕事で浮き沈みした経験から

「あんたは、農家にしては珍しい、どこで商売を覚えたんや」と言われる。それはまあ、8回ほど転職してるしね。1カ月でやめたところも2カ所ある。大きいとこに勤めたのは1カ所だけで、あとは個人経営に毛の生えたようなところ。できたら商売見つけちゃろ、と思っていたけど、会社の中で喧嘩してしまったり。

はじめ、八幡溶接棒（後年、合併して日鐵溶接工業）に勤めていたんだけども、父の戦友が神戸で非鉄金属のスクラップ屋をしていて、誰か手伝いに来てくれへんか、という話が来た。その当時、アルミとか真鍮とか、銅とか合金、そういうものを扱うスクラップ屋が、景気が悪い時でも羽振りが良かったんやね。

これからはサラリーマンよりも商売を身に着けた方が良いな、と思って、会社をやめてそこへ行った。ところがまあ、そこは会社勤めというよりも、本当に昔の丁稚奉公。住み込みで、食事は後、風呂は一番最後、朝起きたら犬の運動、朝ご飯と言っても残りもんしかないので、あれはキツかった。

その代わり、仕事は覚えたね。そこの会社は、本当に儲けていた。手取り足取りいろんなことやったね。僕は今でも体格の割に力が強いけど、当時はバーベルを95kgぐらいまで上げた。それで、たとえば工場とかで使っているトランスが110kgでね、それを腰に据えて、ちょっちょっちょっと持って行って。そういう仕事を大体2年で覚えた。すると、社長の娘が姫路に営業所を出したい、という話が出て、一緒にやってくれへんか、と言われた。でも僕はその娘と性格が合わなかったので、お断りして、田舎へ帰ってその仕事をやろうとした。

ところが、丹波に帰っていざ始めてみると、都会ならすぐに見つかるアルミとか真鍮とか銅とかが、田舎にはなかった。関西電力とかにはあるけど、それは全部本部に送って、本部で入札してしまうから、こちらにはない。弱った。

そのときに、石生にある氷上製作所にも営業に行った。電気屋だからあるだろうと思って。でもそこで得られる金属は、本当の電線ではない、メッキしたりした後のカスで、混じりっ気がいっぱいあって、あまり商売にならなかった。

そうしたら、たまたまそこの工場長が、僕の同級生の親で、「野花君、そんなことせんと、うちの仕事やってくれへんか」と、声を掛けてくれた。内容は、指月電機のラジオの組み立て。そこで、まずうちの家に8人ほど来てもらって始めたところ、徐々に順調にまわりだして、福知山に新たに土地を買って、人も25～26人雇って。最終的には、50年前の当時にして、残業一切なし、土日休み、それでも成り立つ会社にまでなっていた。

ところがそこへ、オイルショック。今までなら最低2万個組み立てていたものが、5000になり、1000ぐらいになり、どうにもしようがなくなった。結局、景気が良くなったら再開するかも知れないけど、といって会社を閉めた。

そのときに、地元の町長だった親戚から勧められたのが、某大手生命保険会社だった。

天狗の鼻を折られ、自分の力のなさをとことん知って

実はその親戚からは、新聞販売所の仕事か、生命保険の仕事か、という二つを紹介された。でも、当時は毎朝3時に起きることなんてできなかったから、じゃあ保険会社を、ということになって、とりあえず3か月だけという条件で入社した。正直なところ、保険は嫌いだったので、つきあいのつもりで研修所だけ行って、保険募集人の試験を受けて合格、そのあとは空いている日は全部土方に行った（笑）。

ある日、家に帰って来たら、家に保険会社の自分の名刺が置いてあった。上司になる人が、野花君の家は、と言って訪ねて来て、近所に僕の名刺を配ってしまったらしい。3か月経ったらやめるつもりだから、親にも言ってなかった。だから親も最初信じていなくて、あの子が保険やるんやったら、わしら村じゅう逆立ちしてまわってやる、と言った、なんていう話が伝わってきて、あとに引けなくなった（笑）。

当時は自分に多少自信もあった頃なので、もし自分がやるんだったら、やってやるわ、保険ぐらい、というような気持ちで飛び込んだ。今までいろんなことをやって、力も、そこらの者には負けない、と思っていたから。ところが、いざやってみると、全くダメ、全く売れない。支部で60人ほどいた中でいつも最下位か、うまくいって下から2番目。人の三倍どころか、五倍も六倍も努力したつもり。契約のしおりは暗記するほど読んで、何を聞かれても大丈夫なくらい説明できるし、家内相手にセールスの特訓もした。「こんにちは、野花さんですか」と言って、戸を開けて入るところから。必死に努力したけど、契約がとれない。自分の力というものはしれてる、と痛感した。さすがに、何回やめようと思ったかわからない。

恩人は近くのお寺さん

そんなときに、不動寺（丹波市春日町国領）の日置さんを訪ねた。日置さんは、永平寺貫長だった日置黙仙の孫に当たる人で、顔の広い人だったから、何回か行ったら誰か紹介してくれるんじゃないか、と思って。日置さんは、訪ねるたびに良い話をしてくれた。掛け軸のことから仏壇のこと、モノの見方、人の見方、また自分自身についてとか、本当にいろんなことを勉強させて貰った。だけど、いつまでたっても人は紹介してもらえない。

しまいに、このボンさんちゅうもんは、良いことは言うけど、ほんまに役に立たんもんや、なんて思ってね（笑）。それである日、もう最後にしようと思って、日置さん、いろいろお世話になりましたけど、やっと一人前になりましたんで、とお礼を言って帰りかけた。初めて訪ねてから、一年三か月後のこと。

すると、「野花君、ちょっと今、私を車に乗せて欲しいんやけど、いいか」と言うので、いいですよ、と答えたら、「婆さん、帽子とってくれや」と言って外に出た。それで、2軒訪ねた。行った先で「保険の専門家を連れてきた。これは信用できる男や。あんた、一口やっちゃってくれ」と言う。2軒とも、僕が既に行ったことがあって断られた家だったけど、「日置さんがおっしゃるなら、じゃあ、孫の分入ります」などと言って、その場で契約してくれた。

日置さんのところに戻って、「お世話になりまして」とお礼を言っていたら、奥さんが泣きもって言った。僕が訪ねてきては帰っていく後ろ姿を見て、「あんたの話を今日聞きに来たんではございません、保険を誰か紹介してほしいと思って来てるんだから、一人でも紹介してあげたら」と日置さんに何度も言っていたと。でも日置さんは、今それをしたらあかん、やっぱりあれが一人前になってからじゃないと、紹介してもあかん、と。

おかげで、僕は、自分のモノの見方や人の見方、あるいは自分自身の力のなさというものを思い知らされて、ちょっと変わることができたと思う。日置さんは、本当に恩人。

日置さんだけでも一年間に30軒は紹介してもらったし、他でも、ポツポツ保険に入ってもらえるようになってきた。僕はね、自分は力がないから、「もし保険に入るんやったら、僕に相談してくださいよ」という人を100人ほど作っていた。そういう人たちが、「普通の保険屋さんは、保険に入ったら来なくなるけど、あんたは、保険の契約がなくてもずっと来てくれる。だから、保険を見直すときには、あんたに頼んだ方が良い」と言ってくれて、ちょこちょこ契約してくれるようになった。

そうやって成績が伸びてきたので、会社から、人を指導する立場にならないか、と声をかけられて、支部長になった。

部下がやめないから、業績が伸びる

支部長というのは、どこでもいばっていた。ここまでやれとか、この日までにこれだけせいとか、偉そうに言うだけ。できなかったら、無理してでもやれ、がんばれがんばれ、と言うばっかり。それから、上司が優績者ばかりチヤホヤして会社の優遇制度も使ってやる、成績の悪いものをほとんど無視して放っておく、そんな態度だった。

そうしたやり方は違うと思ってたから、僕が支部長をしたときは、逆のこと言うたね。僕は一応名前は支部長だけど、僕をうまく使え、と。上司をうまく使えないようでは、お客さんや家族とうまく話せるわけがない。上司だと思うな、小間使いか運転手ぐらいに思うたら良い。自分らでやってみてダメだったら、責任はこちらがとるから、と。絶対やってはならんのは、無理をすることだとも言った。働くのも、一か月のうち30日働くのは無理だから、25日働けば十分。一日も、夜遅くまでウロウロせず、できるだけ昼間。一日働くのも4時間ぐらいで良い、と言って。

それから、僕は、職員さんの年の若さとか、成績がよくできるから、とかいう理由で扱いを変えることはしなかった。全部一律。そうすると、優績者が文句を言ったけどね、これだけ成績を上げているのに自分らを特別に扱わない、と。ときには、支社の上の人間に告げ口して、今度の支部長は、仕事ができない人ばかり構って、自分らをちゃんと扱わない、とかなんとか。それに対しては、「お前ら、仕事のできる者は自分でやれば良いやろ。できない者をできるようにするのが支部長の仕事や」といっていつも突っぱねた。支社の上司が文句を言ってくることもあったけど、「明日やめろ、と言われたらやめるけど、今日までは私はここの支部長や。この拠点を任されとんやから、私のやり方でやらせてもらう」と言い返してね。「まったく君はね、僕は君の上司だよ！」とか言うて、よう怒ってたね（笑）。

上司には結構、直接文句を言った。職員が周りで聞いていて、支部長は頼りないけれども、自分らの味方をしている、という風には思ったんじゃないかな。

それから、僕は、自分が受けて嫌だったことは、人にやるまい、というのを徹底した。職員さんを大事にしたと思う。僕が転勤するとき、職員さんによく言われた。支部長は、キツくは言わないけど、かえって辛いと（笑）。

結局、僕が赴任したところは、一人も途中でやめる人がいなかったので、支部の成績が良かった。何度か、全国で一番の売り上げになって、表彰もされた。人がやめると、支部は大きくならないし、成績が大変になる。僕が転任した五つの支部は人がやめないので、個々の人の能力が急に上がったりしたわけじゃないけど、ちょっと余分に人が入るだけで業績は上向く。だからやっぱり、人を大事にする、ということは大切だと思う。

家内の力が8割、支部長は2割

職員がやめなかったことについては、家内の力が大きかったとも思う。うちの家内は、毎年欠かさず、職員全員の家族に誕生日カードを出してた、野花志郎の名前で。そうすると、今度のあの野花支部長は嫌やなあ、と言うてるときに、おじいちゃんの誕生日カードが来てたりするから、家族の方から、こんなことしてくれる支部長はなかなかないよ、となる（笑）。

それから、おでんとか寿司とか、そういうものを、うちの家内がよく出してたね。オフィスの掃除はいつも家内がしていたし、人が来た時にはもうお湯が沸いているようにして。上が住まいで下が事務所だったので、そういうことをしてくれた。

小さい子が居たらうちの家内が見ていたり、駐車場いっぱいに車が並んでるのにオフィスに誰も居ないと思ったら家内のところでみんなでお茶を飲んでいたり。喫茶店でコーヒー飲まなくても、うちに上がったらコーヒーでも出すわ、と言うたりしててね。僕はこういう性格だけど、うちの家内が、いろんな人のカバーをしてくれた。それで、僕は、どこへ行っても成績があがったんだと思う。人は増えたし。

あるとき、職員がこう言った。

「今年うまくいったのは、支部長の力じゃない、奥さんが8割ですよ」ってね（笑）。

僕は、それでも何でもかまへん、と言っていました。2人居てやっと一人前、それで良い、と。僕は2割男でいい（笑）。

意欲ある若者を、なんとかしてやりたい

僕の思いは、自分が儲けることじゃない。農家の安定収入の確立と、新規就農者がなんとか食っていける仕組みを作りたい。幸い、自分の生活については、年金でなんとかやっていけるから、今は、僕が動き回る分は、実質ボランティアやね。でも、丹波王国については、あと2〜3年ほどの間に、僕が抜けても農家が助け合ってビジネスとして成り立つ道筋をつけたいと思っている。

有機無農薬で、少量多品種で5年、10年と頑張っている子たちが、200〜300万円しか稼げないまま、今で手いっぱいです、と言っていたりする。そのままでは自分たちの将来がないや

丹波王国　無農薬看板

ろ、と思う。薬をなるべく使わずに、元気で綺麗なものを作りたかったら、まず土づくりがしっかりできないといかん。その上で、必要な肥料や資材、農機具などをいかに安く上手にそろえる仕組みを作れるか、そういったことが大事。そこがなかなかできないから、若い農家がなかなか育たない、定着しない。

農家が助かるように、農家のコストが少しでも下がるように、作業が少しでも楽になるように仕組みを考えてあげる。農家が作ったものを、安定的に買い支えたり、少しでも高く売れる仕組みを作ってあげる。資材なんか、丹波王国がまとめ買いして農家に分ける方が農協で買うよりずっと安い。農協は、農家の負担を軽くしてあげるどころか、農家から手数料をとっているから、結局コストがあがっている、そんなんじゃダメでしょ、と。そんな風にサポートが不十分だから、誰もついてこないんや、と。

そういうサポートの仕組みがなかなか作れないなら、今すぐできるのは、資金のこと。これから頑張ろう、としている農家にこそ、その人のやることに将来性があるか、その事業が地域のためになるか、経営農家の志と将来性を審査して、すぐにお金を貸してやらんと。今から2～3年たって、軌道に乗った頃を見計らってから、野花さん、金を借りてくれませんか、なんて言われても、誰があんたらから借りようと思う？　そんなことを言ってしまうと、農協の役員らも帰っていくけどね（笑）。

まあ農協には、もっともっと農家のために、地域のために、考えて動いてほしい。本当は、僕らよりももっともっとできることはあるんだから。

丹波王国の展望

僕はもう78歳、いい加減エエ歳や。

実は、パワーアップ事業で大型トラクターが購入できた時に、肝心の免許を持って運転する人が手当てできなくて焦った。大型特殊免許が要るのやけど、半年に一回の講習会を受ければ比較的簡単に取れるはずが、問い合わせるとちょうど講習会が終わったばかりとのこと。せっかくトラクターがあるのに、このままでは、次の7月の講習会まで、半年間棒に振ることになる。しゃあない、ということで、明石の運転免許試験場まで、75歳の僕が、丹波王国のもう一人と一緒に試験を受けに行った。これには試験場の方もびっくりしていた。これまで、60いくつの人が来て驚いていたのに、70いくつになって取りに来る人なんて居ない、と（笑）。

そうしていざ試験を受けてみると、講習会ではトラクターで良いのに、試験場では、乗ったこともない背の高いグレーダーというやつで試験される。あれには弱った。二人で落ちまくり

（笑）。行っては落ち、行っては落ち。僕は結局、2か月の間に10回も試験を受けて、やっと免許を貰った。

丹波王国は、あと2年で軌道に乗ると思う。僕がいつまでもボランティアで関わる必要はない。

実は昨年、にんにくの乾燥に失敗した。一昨年は9月、10月がものすごい雨で、全然植え付けができなかった。そのまま作付が遅れたことが響いて、収穫期が梅雨にかかってしまった。それで、一遍に湿度が高くなって、乾くより先にカビが出て、売りもんにならんものがたくさん出た。ああこれは、やめる農家が結構出るんやろな、と思っていたんやけど、ふたを開けてみたら、全然減らなくて、むしろ増えた。「天候のことやから、今年は仕方ない。失敗の原因もわかったから、来年こそ頑張るわ」と言って残ってくれた。

今年は本当に失敗できんけど、これなら、軌道に乗るのは間違いない。

にんにくはそれとして、今、新たに目をつけているのは、特大品種の渋柿。苗会社が特許を持っているから、自分らで勝手に接ぎ木とかはできないんだけど、今年なったものを果物の卸業者に見せたら、渋抜きさえうまくいったら、これは海外にも売れる、と太鼓判を押した。これは、10人ほどに声をかけたら3町歩ほどになったから、今ある苗を全部押さえたところ。この品種の一番の産地でもまだ愛媛県の方で3町歩。僕にカネをくれたら、すぐに追い抜いてやるけどな（笑）。

まあ、まだまだやれることは他にもあると思う。62歳で大病をしたときから、もういつ死ぬかわからん、いつ死んでも良い、と言い続けてきたけど、まだたぶん、死なへん気がする。憎まれっ子、世に憚《はばか》るって言うからね（笑）。

丹波王国前の竹田川の水質は最高

我が家の台所の一角に

婦木克則

ふき　かつのり
丹波の農家の10代目。
「今、農村はおもしろい！」をスローガンに、家族で農業に取り組んでいる。
稲作をはじめ、野菜、麦、豆の栽培、酪農、養鶏、農家民宿、飲食、加工と、農家の良さを活かして、農業の可能性に挑戦している。

我が家の台所の一角に、茶色の大きなすり鉢が鎮座している。大人の一抱えもありそうな大きなもので、その重厚感に圧倒されるくらいのものである。しかし、持ってみると、その重厚感とは裏腹に、たいへん薄くて軽い。使い込むにつれ、そのものが確かな良品であることがわかってくる、そんな逸品である。

私共の農場『婦木農場』には、5年前に開設した、「農家体感施設〇―まる―」があり、毎月第1、3日曜日に、我が家の生産する野菜、卵などを使った料理をバイキング方式で、食べることができる「〇カフェ」を開いている。そのカフェの、農家のおうちごはんバイキングは、季節ごとの野菜を家内がいろんな料理に仕立てて提供しているのだ。

先述のすり鉢は、そんな彼女のお気に入りの古物である。

その中で、時にはごまをすり、ほうれん草やさやいんげんのごまあえ、豆腐をすり、大根や人参の白和え、おひたしなどが生まれる。シンプルな料理であるが、野菜の美味

すり鉢

しさを知ってもらえる一品になる。このすり鉢、実は、私から数えて3代前のおじいさん、太治郎さんが購入したものであり、〃太〃という文字が記されている。

我が家は、丹波というこの地で、江戸時代から代々農家として暮らしを営んできた。そして太治郎さんは、明治という時代を生きた人で、我が家の仏壇の奥に、そのおじいさんが記した〃かきつけ〃が残されている。その時代の息づかいが伝わってくるそのかきつけには、太治郎さんが、神戸の灘の酒屋へ出稼ぎに行っていたことが、書かれている。そう、いわゆる〃丹波杜氏〃の蔵人としてであり、稼ぎの金額まで記されていた。

お付き合いのある神戸、灘の「福寿」の安福会長に見ていただいたところ、白鶴さんをはじめ、大手ばかりで、腕のいい蔵人だったことがわかるとのこと。そうやって、暮らしていたことがわかったのだ。そのおじいさんが購入したものが、先ほどのすり鉢なのである。おそらく、質のいいものを求めたのであろう。そういう目利きが出来、お金をかけるところはかけるといった、そんな人だったと思われる。毎年毎年の出稼ぎの記録が残る。夏は米作り、冬は酒屋へ出稼ぎに、そんな暮らしが見えてきた。

その記録の終盤、昭和に入った11年、太治郎さんが大金をはたいて、千葉から牛を購入した記録が記されている。それが我が家の酪農（乳しぼり）の始まりなのである。

その次の代、私のおじいさん（忠一さん）の時代になって、当時氷上郡の酪農組合が設立、地域で酪農が盛んになっていくのだ。戦時中、戦後と、細々と酪農と農業そして、一部、養蚕も取り入れながら、やっていたようだ。牛を飼い始めたころから、出稼ぎに行くことをやめている。草を刈り、牛の世話をし、乳を搾る。毎日毎日の積み重ねが暮らしを支えていたのだろう。祖父は、養子でもあり、体が小さく、丈夫なほうでなかったこともあり、ずいぶん苦しいこともあったと思うのだが、我が家の暮らしをつなげていってくれたと思う。

昭和30年代になり、そんな祖父に代わり、父（則男さん）が地元の氷上農業高校を出て、就農する。それを契機に、牛舎を建て、酪農を充実させていった。8頭を飼うことができる牛舎、牛の運動場、子牛小屋など、整備して、お米作りと酪農という、この地域では、典型的な水田酪農という、経営を確立させていったのである。

その頃、私の祖母は、畑で少しずつ野菜を作り、地元の黒井商店街の人たちをお客としてリヤカー販売を始めている。「商い」と称し、同じ集落の女性たちがそれぞれに、リヤカーに季節の野菜を積んで、振り売りに回っていた。農家の女性が自ら現金収入を得るために動き始めたのだ。いわゆる農村女性の自立に向けた動きでもあり、今でいう6次化の始まりでもある。

漬物やおもちなども、持っていっていたようである。それぞれのお得意さんが出来、10年余り続いたと記憶している。そんなこともあって、我が家も少しずつ、野菜作りにも、力を入れだした。地域で茄子の産地化に取り組んでいたこともあり、お米、酪農、そして野菜という、今の経営の柱が出来てきたのだ。牛で出た、牛糞堆肥を使い、お米作りや、野菜作りに活かしながら、わらなどは牛の方へという、循環型農業を、形作っていったのだ。

家族農業として、農業を営んできた、我が家に、私自身が後継者として就農したのが、30年前。高度経済成長からの、バブルの絶頂期でもあった。この地域に高速道路が出来、ここ丹波も大きく変わろうとしていた頃であっただろう。高速道路による物流という大きな流れが、この地域に変化をもたらしていくのだ。

この時期は、農業は3Kといわれ、きつい、臭い、汚いというマイナスのイメージであった。そこに、「今、農村はおもしろい！」というスローガンを掲げ、後継者となったのだから、周りから奇異の目で見られていたかもしれないと、今になって思うことでもある。周りに若い後継者も少なく、まさに、一匹狼的な、感覚だった。

高速道路の整備に伴い、神戸などの消費地との距離がぐんと縮まった。それを機会に、産直という手法を取り入れていったのである。主に安心安全を求める消費者の団体、グループとのお付き合いが始まった。そんな中で、酪農も大きく変わることとなる。パスミルク（低温殺菌牛乳）に取り組むことになったことである。

私が東京の農業者大学校に在籍していた学生時代、親父から1本の電話がかかってきた。「ゆうき酪農」というのがあるらしいのだけれども、調べてほしいというものだった。初めて聴くものであったし、見当もつかなかった。ところが、それが大きく丹波の酪農を変えるものになるとは、思わなかった。

学校は多摩ニュータウンにあり、ある講演会の案内が目に入った。『牛乳についての勉強会』。「牛乳戦争」という本を書かれていた、高松修氏の講演会であった。大学の酪農に興味を持つ、先輩たちと聴きに行った。その時の内容が、まさに「低温殺菌牛乳」の話であったのだ。私は、その話に衝撃を受けた。

牛乳は、身近ではあるけれども、しぼってメーカーに出荷すればいいというくらいにしか思っていなかった。親父の言っていた「ゆうき酪農」は、このことかも知れないととっさに思い、報告。そして、関係の先生方とのご縁をいただくこととなり、やがて県内の消費者団体と、ひかみ酪農が一緒に、パスミルク（低温殺菌牛乳）に取り組むこととなったのだ。先述の先生方に、ご指導いただき、農家も牛乳の品質の向上に取り組んで、今の「氷上低温殺菌牛乳」が誕生したのである。

あれから30年、親父たちが取り組んだ、パスミルクは、今や丹波の代表的な商品となり、県内の消費者はもちろん、神戸の洋菓子店を中心に、喜ばれている。私もそれを続けながら、野菜、お米など産直に、経営の重点を置いてきたのである。「農業、農産物で、人と人とを結びつける」そんな思いで農業を、ずっと続けてきたように思う。私が生産する農産物で、多くの人が笑顔になれる。そんなことが、少しずつ、拡がってきていた。

我が家に5年前、大きな転機が訪れることになる。「農家体感施設〇—まるー」を建設、オープンしたのだ。2013年8月1日、私の50歳の誕生日が、オープンの日である。いわゆる、農家民宿としてのスタートだ。

今でこそ、古民家を利用したりして、多くの方が取り組まれているが、その当時、しかも新築のゲストハウスを建てるというのは、思い切ったことと映っただろうと思う。30年間、産直に取り組んできていたが、時代の流れとともに、消費者グループの皆さんも、高齢となり、消費量も減ってきて、我が家としても経営の柱としては、心もとない状況になるのが目に見えていた。いろんな流通先も考えたが、やはり、我が家の農業や思いを理解していただける方と繋がっていきたいとの思いから、その接点となる〝場〟を作ろうと決心したのだ。

その場を通して、私自身、あと30年、楽しんで農業が出来ればいいなあとも、考えていた。しかしながら、ただでさえ農業の方が忙しく、民宿に重点を置きすぎると大変になる。そんなこともあり、無理のない程度の受け入れをしながら、やっている。それでも、関西だけでなく、東京方面、海外からも宿泊のお客様に来ていただいている。

「まる」では、家内が作る我が家の食材を使った家庭料理をお出しして、私達家族も夕飯をご一緒させていただき、料理の話、農業の話、村の話、時には、子育て相談、就職移住相談などをさせていただくことになる。いろんなところから来ていただくので、私達は、居ながらにしていろんなところの話が聴けるのが楽しみでもある。

2年目からは、月に2回、農家カフェ「〇カフェ」を開催。「農家のおうちごはんバイキング」と称し、我が家の季節の食材を使い、農家のお母さんが作る料理、スイーツなどをお出ししている。それが人気となり、今では、1回に30～40人くらいのお客様が来ていただけるようになっている。

その料理を彩る我が家の逸品に、「チーズ」がある。そう、息子が帰ってきて、酪農を継ぎ、チーズづくりも手掛けるようになったのである。

農業高校を卒業後、彼は静岡のジャージー牛を飼っている牧場で、半年、修業をさせていただいていた。その牧場から、帰る際に、ジャージー牛の子牛を2頭、持ち帰ったのである。酪農業界が厳しさを増す中、どうやって特徴を出しつつ、続けていくのかを思案していたこともあり、思い切ってホルスタインをやめて、ジャージー牛の飼育に踏み切ることにした。

更に、彼が北海道で修業をさせてもらった、チーズづくりを我が家でも、施設を整備し本格的に取り組むことにした。

婦木カフェ

そうすることで、自分の〝場〟ができた彼は、サンマルセランという、生タイプの白カビチーズを製造。翌年には、丹波すぐれもの大賞に選ばれる、というラッキーもあり、この丹波で「チーズ王子」という愛称もえて活動している。

今夏、太治郎爺さんの時代に建てられた蔵を改造。熟成庫を作り、ゴーダチーズを作り始めた。丹波のチーズ工房として、ますます力を入れているところだ。

長男ともに、次男も我が家で農業に加わってくれている。彼は高専を出ていて、パソコンを使ってホームページ、ネット販売、ダイレクトメールなど、自分の得意な分野で、我が家の経営に新しい分野を開拓している。

そんな二人が協力して、商店街でのリヤカー販売を始めたときは驚いた。そう、おばあさんがやっていた「商い」である。

「婦木さんとこの息子さん達やね〜。昔、おばあさんから、よう野菜をもらいよったわ〜」と、声をかけていただくという。この地にある、人のつながりは、脈々と受け継がれているのだ。

料理

更に、丹波に新しくできたレストランにも、野菜を使っていただく道を開くなど、若い彼らは、また、彼らなりに、新しい縁をつなぎはじめているのだ。

昭和11年に、我が家で牛を飼い始めて、80年。5世代にわたって、毎日毎日、乳しぼりを続けてきた。それはまさに、我が家の農の継続の歴史でもある。「つなぐ」というそれだけのことであるが、時代とともに変化しながら、まさに繋いできたのだ。

茶色の大きなすり鉢も、大きすぎて蔵の奥にしまわれていた時期もある。それが今は、カフェで大いに活躍している。また役に立つ時代が来たのだ。リヤカー販売にしてもそうだ。そういった受け継がれてきたものを大切にしながら、また、時代の変化に対応しながら、「つなぐ」繋いでいくのだ。

これからも丹波の一農家として、あり続けていきたい、そう願う「平成」最後の穏やかな年の暮れである。

丹波すぐれもの大賞のチーズ

ゆったりと自然を楽しむ果樹生活

～子供たちへ贈る真楽園

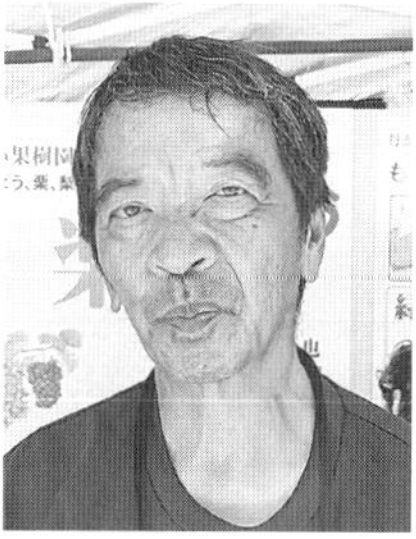

細見眞也

老後は果樹園を

59歳の春、当時私が勤めていた通信工事会社(デンテックス)の社長より定年の話で呼び出しがあり、定年延長制度が変わり、満65歳まで会社に勤務してもらえるかの相談がありました。年金が私の場合61歳から一部支給が始まり、65歳で満額支給との事で、返事は後日でいいとの話でした。

高校の電気科卒業後、丹波を離れ、神戸、三宮で電子部品販売会社（星電パーツ）に勤務。電子部品、電子機器の販売、マイコン等の教育サポートに従事し、30歳の時、姫路にパソコンソフト販売会社(CADシステム)のサンワを設立。

43歳の時、パソコンソフト業界はＷｉｎｄｏｗｓが主流になり会社は倒産、44歳で田舎に帰り、柏原にある電気工事会社に勤務、電気工事の施工（テレビ放送施設、広域防災無線、携帯通信設備）等、通信工事管理に従事していました。

私は電気通信工事では近畿地方全域の仕事が多く、また、趣味で休日には日本の山々を歩き周りました。お城見学とドライブも楽しみで日本のあちこちへ行きながら、多くの果樹園などを見学しました。老後は楽しく、美味しい果物生活をと思うようになり果樹園を作りたいと日々思いながら、日本の果樹農園を多く見てきました。

自然を知らない子供たち

今、子供たちの遊びは野山を駆けまわる時代から、一人スマホで遊ぶ時代になり、自然を知らない子供たちが多い事に、私は悲しい気持ちになりました。もっと自然にふれあい、自然で自由な野山を見て、こころ豊かな楽しい生活をさせたいと日頃、思っています。

桃、栗3年、柿8年。桜桃、梅、梨……15年などのことわざとおり、果樹は植樹から収穫まで野菜などと違い3年から10年ぐらい掛かります。

栗栽培は45歳の時に、お爺さんが数本植えていた所の山全体を伐採し、炭焼きなどもして新しい栗山に拡大改修して、今250本ほど成育しています。品種は銀寄、筑波等の4種で栗拾いが楽しめる丹波栗の山に変身させました。

61歳の誕生日を退職日と決め、第二の人生を始めることにし、丹波の自然を今一度調べる事で、近郊の果樹園（春日の上山ぶどう園、青垣の宝寿園さん）を訪問。京丹後の果樹団地、加西のぶどう農家、岡山の老舗の果樹園等の見学など、今後の方向性を決める調査などから、果樹栽培の勉強をはじめました。

果樹作物はその地方に合ったものを栽培するのが一番と思い、いろいろ見て回りましたが丹波には大きな果樹園は

奥の山裾に栗園

なく、兵庫の丹波近郊の黒豆畑、丹波の栗園と豊岡（久美浜）の果樹団地、加西のぶどう地区、神戸の桃園などの視察をしました。そして日本で有名な長野、青森のりんご、山梨、長野のぶどう、鳥取の梨、和歌山、愛媛のミカン、岡山の桃などの大きな産地が兵庫県にはない事がわかりました。しかし、丹波は地理的に日本の東西南北の中心で海抜、気温、雨量、土質は日本の平均的で、作物は何でも育つことがわかりました。

定年退職後まもなくリハビリ生活

楽しい観光果樹園にするには年間を通して来て見てもらえるような果樹園にしたい。しかし、土地、田畑は無いし、一人作業で、販売方法も未定での準備で試行錯誤で進める事になりました。

自宅の2階から見える、私の田畑は決して広くはないが、7月・桃、8月・ぶどう、9月・栗、10月・梨、11月・キウイ、12月・りんごなどが季節ごとに収穫出来る、楽しい果樹園を目指して、60歳の春から、ぶどう6本、キウイ4本の苗木を植え込み、棚の製作に着手。棚造りの図面の作成から材料集め、製作等まで会社に勤めながら日曜日ごとの忙しい生活でした。

60歳の冬、ぶどう畑にする田んぼを、中古で購入した小型ユンボでの暗渠排水工事に始まり、3m間隔で幅0・6m、深さ1・2m、総延長400mのコルゲート管の敷設、下に大き目の砕石、上に籾がらを入れ全てを埋め戻し、田んぼの改修工事後、春3月にぶどうの苗木　黒系ぶどう4種、赤系ぶどう3種、緑系ぶどう4種、間隔4・6m、長さ方向12m間隔で合計41本をぶどう畑に植えました。

ところが、定年退職日の3月31日より12日目の4月12日昼、ぶどう畑1で農作業中に倒れて、西脇病院に救急車で搬送。脳出血で2か月の入院生活。その後、篠山兵庫医大病院で2か月間のリハビリ生活を余儀なくされた。

その間の6月12日、柏原～春日にかけて激しい雹《ひょう》（大きな氷）が降り、自宅のスイートコーン、芽が出たばかりのぶどうの苗木が全滅の被害を受けたとの連絡を病床で受けました。期待の植えたばかりのぶどうの苗木の全滅は、病院で暮らす私には大変な衝撃で、連絡後すぐに自宅のぶどう畑を見に車いすで駆けつけました。

ぶどうの新芽はズタズタに折れ、畑のスイートコーンは全滅、車庫の透明のアクリル屋根は多くの穴があき１００年に１度の大被害でした。ぶどうの苗木を購入した植原葡萄研究所にその事を相談した結果、ぶどうは成育が強い植物なので１年間は様子を見てはとの事で、観察をしました。

半身マヒの体に合わせた低いぶどう棚

病院生活中　ぶどう棚の製作方法を検討し、果樹棚が専門の広島の㈱岡重さんから１・５ｍ幅メッシュアーチと鋼線、支線アンカー等の資材供給を受ける事にし、その他は近くのホームセンターで購入する事にした。

製作は私のリハビリを兼ねて、友達（磯辺、吉住、秦、前田）の協力で2～3人で行うことにしました。しかし　私の体は左半身にマヒが残り左手は肩より上に上がらず、左足は親指が動かず、顔面の左側は引きつり最悪の状態で、今も同じ状態です。

ぶどうの木は雹《ひょう》（大きな氷の粒）で半分枯れて、翌年、同じ品種を補充しました。棚面は、私の体に合わせて低い棚を製作。棚面は身長より５㎝高い１６５㎝、幹はぶどうの袋掛けが自分で可能な胸の高さ１２０㎝にし、広めの１５０㎝幅の雨よけメッシュアーチの珍しいぶどう畑です。ただし　排水用の溝は根本より20㎝掘下げて作業ができるように工夫した作りです。

翌年からは充実した果樹園を目指して山陽農園より、桃12本、梨４本、りんご８本を順次購入し、あちこちに植え付けました。また、ぶどうの品種拡大のために、近くの利久さんの田んぼに10種25本の新しい品種を植え、ぶどう畑３と呼ぶようにしました。

袋掛け後のぶどう棚

3色に願いを込めた果樹園

果樹園の着工から3年目、初めての収穫の年、7月に果樹園の名前を真楽園に決めました。ぶどうは赤いぶどう、緑のぶどう、黒いぶどうと色がカラフルで形はとても豊かな表現をしていて楽しく面白い、味と香りは甘くいろいろでとても美味しい、果樹はすべてが楽しい食物です、色は明るく、形が美しい、美味しい果物の願いから私が楽しく、また、全ての人々が幸せになる様に赤緑黒のぶどうの絵が入った3色の真楽園にしました

年間を通して行きたい、作業が楽しい、収穫がうれしい、食べて美味しい、人生の幸せを感じる真楽園を目指して桃、ぶどう、栗、梨、キウイ、りんご等の植え付けは、ほぼ完了しました。年間の作業は冬の土作り、肥料やりと木々の剪定から始まり、春のビニールのシート掛け、芽欠き、誘引、房作り、摘粒、袋掛け、夏から秋の収穫、この間4回の草刈り、3回から5回の消毒と多くの作業が重複し忙しい毎日の連続です。

春には一斉に美しい赤や白の花が咲き、秋には楽しい収穫を夢見ていました。サラリーマン時代は退職後には週休2日でドライブを楽しみ、ゆったりした生活を考えていましたが、今は年間で1月の2週間ぐらいの休みになりました。

子供たちに丹波の自然を体験させたくて始めた果樹園も、宣伝しなくてはわかってもらえないと、手作りの立て看板を設置しました。春日町朝日の国道175号線沿いに1枚看板を出し、大きな橋の完成、谷の埋立工事で全面改修され、大型バスも通行可能になり交通量の増加が期待出

来る栗柄峠（県道69号春日栗柄線）の入口にも1枚、この2か所に。インターネットでPR（旅行サイトを活用、当園のHPを早く作成したい）と手作りチラシの作成、POP制作など馴れないパソコンとの格闘の日々です。果樹栽培の勉強はインターネットが中心でユーチューブなどと各社のHP等の閲覧など、昔の本を読む時代とは大きく変っています。

楽しく充実した生活に感謝

野瀬地区は丹波の山奥で、動物たち＝サル、猪、鹿、小動物（アライグマ等）が多く、果樹、野菜、米等の被害が頻繁に発生しています。畑ごとに網、電気柵等の対策をしていますが毎日が確認作業で、これらの動物との戦いです。地区には全域を囲む、害獣対策用の金網を設置していますが中に多くの獣が入りこんでいます。年数回の点検作業、市役所からのサルの予告メール等で被害は多少軽減していますが、まだまだ食い荒らされる被害で大変です。

直売所

果樹の実を保護する為に、桃の2重の袋掛けは枝と実の間が無く最も大変で、ぶどうの袋掛けは品種毎に袋を分けてラベルを貼り中身が分かる様に工夫、梨の袋は長く付けているのであぶら紙で出来た丈夫な袋と、何もしないキウイ、栗など、果樹毎にいろいろで作業時期のかさなる7月は大忙し。収穫時期の7月から9月の間は、毎日の収穫、袋入れ、箱詰めとお客様の接客、電話対応、メールチェック（来園予約はメールと電話が中心）と朝早くから夕方遅くまで作業に追いまくられている日々の連続。

果樹の収穫は忙しいが大変楽しい。お客様の笑顔、驚きの歓声、感謝の言葉、子供たちの走りながら喜びの声、又、日々自宅で食する自分の果実のおいしさと嬉しさ。毎日の仕事が出来る充実度と有り難さでいっぱいの生活です。

京阪神間からの高速道路も出来、篠山へ通じる栗柄峠も完成し、手軽に行ける丹波、自然が豊かな丹波、楽しい丹波の果樹園、美味しい真楽園でありたいと日々思っています。

楽しい果樹園を目指している当園の特徴は、品種が多く（桃＝なつおとめなど5種、ぶどう＝黒系の藤稔・赤系

デラウエア

のクイーンニーナ・緑系のシャインマスカットなど25品種、栗＝銀寄など4種、梨＝豊水など4種、キウイ＝ゴールドなど4種、りんご＝千年の輝きなど6種）、全てが大きい実を付け、「ほしい」「食べたい」の思いを実現する、四季を感じて自分の手で取る、収穫する、もぎ取り体験ができる観光果樹園を目指しています。

いろいろ手伝ってくれている姉夫婦（中西安子、啓司）、妹夫婦（竹知里美、達男）に感謝すると共に、協力してくれる仲間たち、あたたかく見守ってくれている近所の人たちに感謝し、今後はこの野瀬地区が多くの人たちが集まり、益々発展し、活気あふれて、楽しい日々がすごせる様に日々努力し　精進したい。

多品種のぶどう

本気で農業＋ビジネスを、そしてその先へ

増田和彦

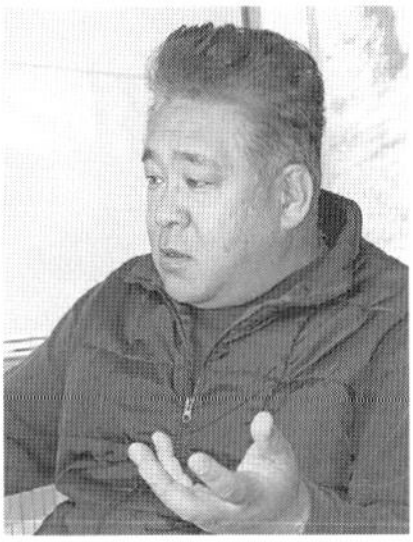

ますだ　かずひこ
1967年10月尼崎市生まれの大阪育ち
㈱リリーフ・アシスト代表取締役
37歳まで数社転職を繰り返し、幾多の経験を積み、2006年5月“飲食店の縁の下の力持ちで行こう！”を合言葉に同社設立、全国の店舗行脚を実施
2015年に“本気の農業”をするべく、丹波へ移住
只今、農業の事業化に挑戦中！

トビラ写真：自宅２階からの眺め

「農」への目覚め

とにかく、農業を自分でやらなあかん、と思って、丹波に移住したのは、2015年8月です。その年のうちに農地も借りて、トラクターで土を耕しはじめたんですが、一方では、「食の安心・安全」に関わる施設の点検や厨房の衛生検査などを行う会社を経営しています。

実は、僕が農業に本気で取り組もうと思ったきっかけのひとつは、衛生検査で出入りしてきた全国の飲食店さんの厨房にあります。

前職から含めると、僕は飲食店の厨房に30年以上通ってきましたが、その間に、全国の飲食店さんが、どんどん低価格路線になっていって、お客さんもそっちに引っ張られて行きました。なぜその値段でできるのかな、と思ったら、やっぱり食材に原因があったわけです。安い物にはワケがある。でも、それが人間の体に良いかといえば、決して良くないわけです。だからそこの部分で突き詰めていくと、最終的に、自分たちで食べるものは自分で作らないといけないんじゃないか、と。

僕は尼崎で生まれて、大阪の西淀川区で育ちました。だから、西淀川公害認定患者だったんです。それぐらいの空気の汚れているところで、もちろん田んぼもない、ロクでもない環境ですよ、今考えると（笑）。

二極化がすすむ中で

最近、チェーン店さんの中には、本当に良いものを自分たちで見つけて来て、それをお客さんに提供する、というところも出てきました。でも一方で、消費者の低価格志向も相変わらず強いですから、どんどん二極化が進んでいます。

もうひとつのきっかけとしては、衛生検査の会社を創業して7、8年目くらいに、外国によく行っていました。香港、台湾、ベトナム、インドネシア、マレーシア、フィリピンなど東南アジア中心に行かせてもらいました。

そこで、富裕層と言われる方々との接触があったときに、「もう肉は食べない」とその人たちは言っていたんです。薬漬けの野菜も食べない、と。それであれば、これから日本国内でも、自分たちが目指す穀物や野菜を作ってもビジネスとして勝負できる、と思ったわけです。

丹波に建てた家は、ちょうどお向かいが自治会長さんだったので、自治会の役員会でご挨拶させてもらって、息子と二人で農業がやりたくてこっちに移り住みました、と農地のお世話をお願いしましたところ、すぐに、うちが希望していた山際の水が最初に流れ込む田んぼを、いくつもお借りできました。

それとは別に、昨年、1町歩を買わせてもらいました。こちらは、犬の散歩中に、近所の方に声をかけていただいて。

米作りは、村に師匠が居まして、3月の田起こしから10月に米袋に入った姿にするまで、ずーっと付き添って教えて貰ったんです。そのとき、肥料なども全部データをとって、作業内容も写真を撮りました。後できちんとまとめて、米を作るのは一年間こうですよ、というプレゼンテーションができる資料を作ろうと思っています。

都会の人はたぶん、米といえばスーパーに並んでいるものしか見たことない人がほとんどで、僕も昨年作ってみて、こんな風に作ってるのか、って初めて知ったんです。

8回の転職のちに起業

今の仕事までに、僕は8回会社を変わりました。工場の生産管理、建築資材商社の営業、酒屋の営業、物流管理などなど。

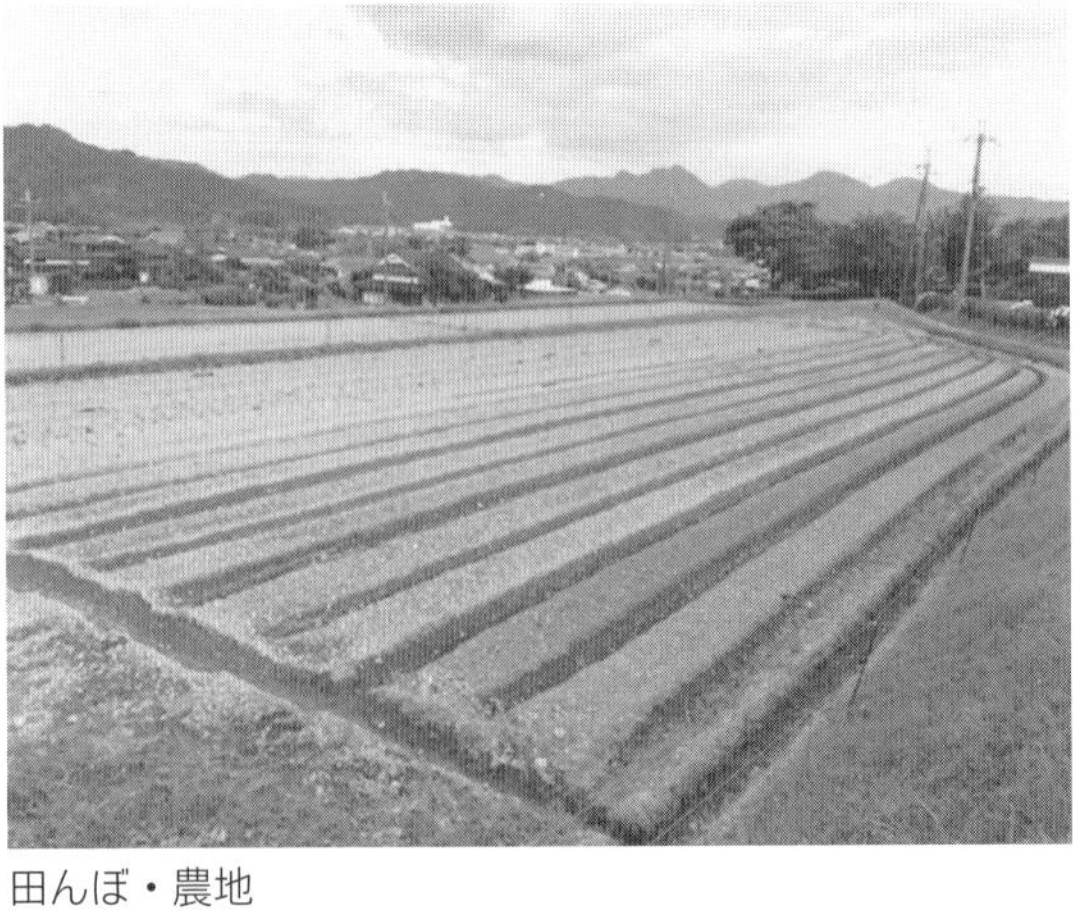

田んぼ・農地

一番勉強になったのは、21歳から28歳まで勤めたクリーニングの会社でした。商品を受け取ってから、工場へ配送して、工場で加工して、洗浄して、そしてまたお客さんのところへ戻す、という一連の流れのマネージメントをやらせてもらいました。入社した当初は、配送の運転手、2

年目に工場の責任者。東京も含めて6つの工場を束ねるトップになったのが27歳でした。僕の上に居たのは、営業本部長と役員さんだけ。パートさんを入れると社員300人ほどの会社でした。

ただ、この会社の仕事は、お客さんに直接顔を合わせることがない仕事で、それが物足りなくなって28歳のとき転職しました。営業してお会いしたお客さんに、自分で何かを作って直接お返しする、ということがやりたかったんです。ところが、酒屋の営業にしても、建築資材の商社にしても、商品がもうでき上がっている。ビールが欲しいと言われても、僕がビールを作って売るわけじゃない。ビール会社のビールを会社が仕入れて、これを届けるとか、提案する。まあこれも大事な仕事なんですけど、これも違うな、と思ったんです。

それから次に入ったのが、食用油のリサイクル会社でした。飲食店から出るフライヤーの油を、飲食店から回収してリサイクルする仕事です。日本では、この回収された廃油の85〜90％が、家畜の飼料にリサイクルされます。製油メーカーが大量に穀物を輸入して油を搾る。その製品がサラダ油ですが、その搾りかすを全農さんが仕入れて、家畜の飼料にするとき、かすには油がないので、カロリーが足りない。そこで、先の廃油、これを2号油と言いますが、それを良いところと悪いところを分離して、飼料のスペックに応じて油をブレンドして、搾りかすに添加するんです。

この廃油回収の会社で、最初はトラックに乗っていましたけど、営業本部に転属になりました。この業界は、１９８５年のプラザ合意の年に大きく変わりました。

それまでは、廃油を取りに行く側が、たとえば「一斗缶一本５００円払うわ」と言って、買って帰りました。要は、原料集めの感覚です。ところが、プラザ合意で為替レートが変わったことで、特に、東南アジアから来るパーム油の値段が極端に安くなって、古い油の需要がなくなった。廃油業者は、集めた油が売れずに溜まって仕方がなかったんです。

そこで、僕の居た会社は、廃油を産業廃棄物として取り扱うことに決めました。産廃ということは、お金を貰わないといけないだろう、という理屈で、１８０度、真逆の営業です。もともと営業していた担当者は、今までお金を払って廃油を回収していたのに、急にお金をくれって言えない。ところが僕はその時代を知らないから、平気でお金下さい、と言える。

産業廃棄物処理は許認可事業になったので、その法律にのっとって車を走らせるにもお金がいるし、処分するにもお金がいるんですよ、と堂々と言える。許可を持っていない業者に出したら、排出事業者責任に問われますよ、というような話をずっとしていったんです。大手チェーン店の人にとっても新しい情報だったので、わかった、と言って、すぐ契約になりました。

差別化をはかり衛生検査の事業

そのうち、同業者も真似するようになって、競争が激しくなりました。何か差別化しなければならない、となったときに立ち上げたのが、衛生検査の事業でした。その頃、Ｏ―１５７（腸管出血性大腸菌感染）が有名になりましたけど、あれは事後に保健所が立ち入る検査です。僕らが考えたのは、そうした事態にならないように、自主検査として僕らが出向いて行って、お店でチェックさせてもらう。そしてお店の現状を、報告書を持って本部さんなり店主さんなりにお伝えする仕組みです。ラボを持った検査会社と組んで、ある弁当会社のチェーン店１３００店舗を、最初に受注しました。検査は年３回です。そのときは、廃油回収の仕事と抱き合わせてビジネスを進めたので、検査料はかなり安くしまして、油の方で大きな稼ぎもあげつつ、衛生検査の実力もつきました。

そうすると、こういうことができる会社ならばと、いろんなオーダーが来ました。飲食店にとって、衛生は生命線ですから。

ところが油には相場変動がありまして、油が高値で売れる時期がくると、もう新規事業（衛生事業）は必要ない、という声が上がって、結局打ち切られることになりました。悔しい思いを抱えて事業を畳むことを伝えて回ったところ、逆にお客さんから応援の声をいただいたので、思い切って衛生検査を事業の柱に独立することにしました。それが今の会社です。

当初は、競合他社も居ないわけで、順調に業績が伸び、全国展開する大手スーパーのバックヤードや、国内有数のゴルフ場グループなどにも入りました。ところが、儲かり出すと他社が参入して、すぐ価格競争になり、取引先からの要求も融通が利かなくなってきました。

害虫駆除を真面目にやったらどうなる？

そんなときに、衛生検査のチェックシートで目についたのが、防虫・防鼠の欄でした。この欄にチェックのある店がやけに多い。社員に尋ねると、それらの店にも防虫・防鼠の業者が入っているのに、ゴキブリにしてもネズミにしてもほとんど被害が止まっていないらしい。不思議に思って、うちで取り引きのあった害虫駆除業者に聞いてみると、

「実はこの業界、ズボラなんですよ。人が見てないときやるでしょ、閉店後の時間帯とか。薬剤をちゃんと撒いてなくても、撒きました、と言えてしまうから」とのこと。それでは害虫が止まるわけがない。

じゃあ、真面目にやったらどうなるんだろう、ということでやってみたら、止まったんです。当然、仕事が増えます。だから、衛生検査の仕事が減っても、害虫駆除の事業で逆転しました。今の主力は害虫駆除です。

その害虫駆除も、当初は全て外部委託でしたが、途中からは、自社の検査員に害虫駆除の力をつけて送り出しました。そうすると、報告書ひとつでも、他の害虫駆除屋さんと違う。衛生検査をしたような報告書が出るので、チェーン店の本部に喜ばれました。

同様に、衛生検査のチェックシートから、排水管の清掃事業にも拡大しました。排水管は、詰まったら慌てて業者を呼ぶ、というのが当たり前だったんですが、それだと、その日の店の営業に支障が出る上に、緊急対応なので1回8万円などと請求される。それを、値段を落として、定

期的な清掃にしましょう、という提案をしました。そうしたら、お互いのメリットが出てくる。この事業も今、大手企業の担当会社としてお役に立っていると思います。

家内の一言で意識転換

ところがあるとき、専務でもあるうちの家内から言われました。

「あなたはそうして一生懸命仕事を取って来て、いろんなことに手を出していくっていうのは良いよ、お金にもなってるから良いけど、果たして社員たちは幸せなの？　労働時間がいっぱい伸びていく、給料も多少上がるかも知れないけど、朝早くから夜遅くまで働かせて、週休二日もできない。それはお客さんのためといえばそうやけど、それって社員は幸せだと思う？」と。

この家内の言葉がきっかけとなって、不採算事業は全部切りました。

事業の拡大拡大と言って、飲食店の営業を必死でやってきたけど、その飲食店自身、人口減少で若者も減って

誕生日に娘から贈られた「夫婦の似顔絵」

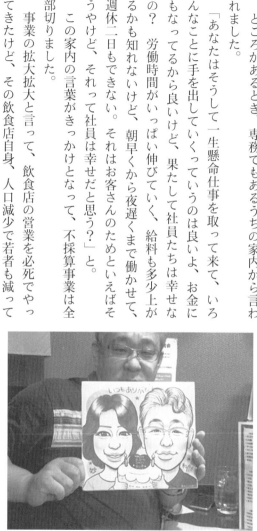

いく中で、そんなジャンクフードの店ばっかり本当に必要なのか。ジャンクフードの店を作るということは、インプットされるものもジャンクですけど、出て行くものものもジャンクなんです。排水とかゴミとか。これって、その人たちのエゴで店をやって儲けようと思っているんでしょ。エゴの塊をいっぱい作って、公害を出すわけです。食に満ち足りた世の中なのに、周りは幸せじゃない。それに強い疑問を感じるようになったんです。

だから、そちらをターゲットにするビジネスよりも、安心安全な農作物を作っていくとか、劣化した土壌や水を元に戻していく、みんなの力で環境を良くしていく、というような方向のビジネスをしたい、そういう風に僕の意識が変わったんです。

経験やネットワーク、全部注ぎ込んで

農業を多少やってみると、大変なこともよくわかりました。本気で事業としてやるには、機械化してやらないと絶対ムリで、さらに生産性を上げることで、自分たちが思うような作物もできる。

土づくりにはクリビオという液体の有機資材を使うつもりです。原料は納豆菌、乳酸菌、酵母菌、糖類だけですから、まるで食品です。僕も実際に試してますけど、排水口の臭いとか、飲食店のグリーストラップ（油と水を分離する装置）の臭いの問題が解決します。多少の油脂も分解します。そして、化学肥料や農薬の使い過ぎで土壌が痩せた農地やゴルフ場などでうまく使う

と、もともと居た土壌微生物が復活して土がフカフカになり、芝生や農作物が丈夫になることもわかってきています。

実は、この商品を作っている会社の社長さんとは、鳥取のある会合で、偶然に親睦会のテーブルが一緒になって知り合いました。もともと、大手衛生用品メーカーの常務まで勤めた方で、徹底的に生産工程を見直して、10年かかって品質を安定させた、というような苦労話をお聞きしました。僕が飲食店などを顧客に持つ衛生検査会社を経営しながら農業もやろうとしている、というような話をすると、すっかり意気投合しまして、わざわざご夫婦で丹波にも足を運んで下さって、関西向けのプラントをひとつ、丹波で僕がお預かりすることになりました。また、沖縄や海外への市場展開のお手伝いも、まさに始めたところです。

抱負と展望

この新しいビジネスと農業とは、僕のこれまでの人生の経験もネットワークも様々な思いも、全部注ぎ込んで、本

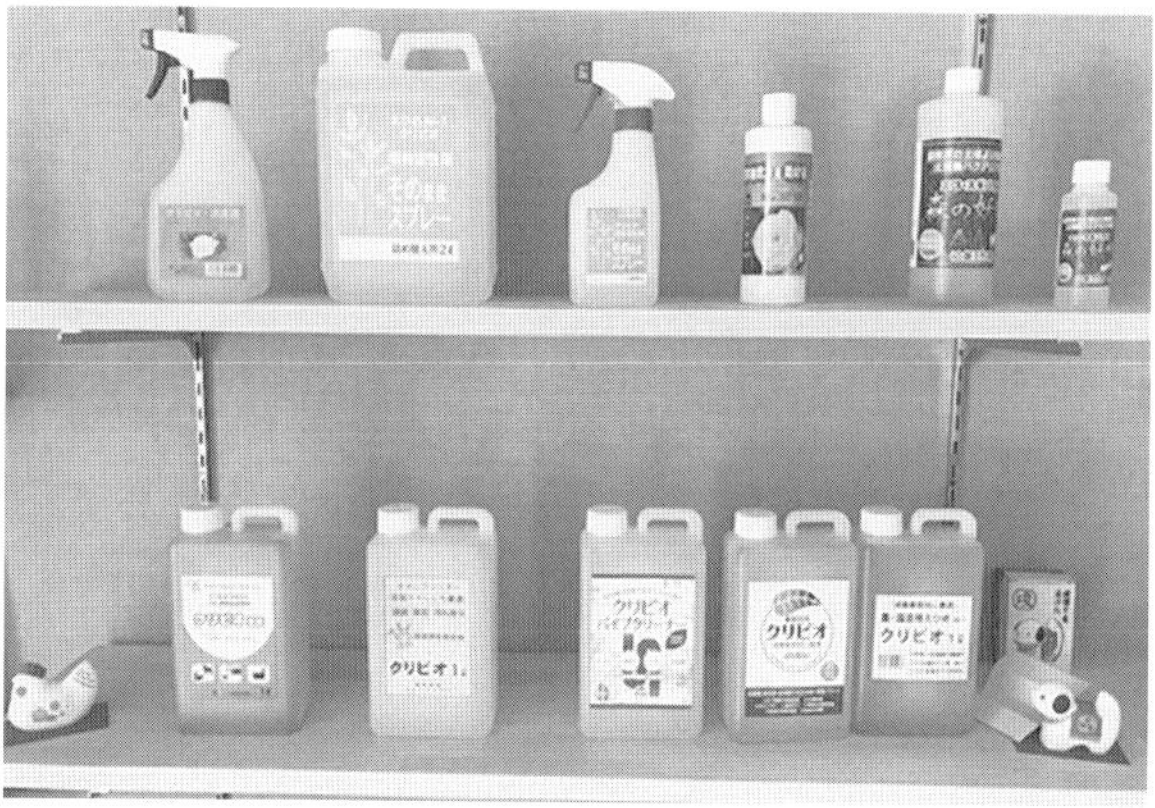

気で十年、十五年とやっていける仕事になりそうです。

今後は、丹波で農業を事業化することに邁進します。そして先ほどのバイオ液体・クリビオのプラントを作り、それを利用して、痩せた土壌を復活させ、無化学肥料、無農薬の作物を作り、日本国民の健康、長寿、安心、安全に貢献できればと考えます。また現在、バイオ液体・クリビオは、色々な国から問い合わせがありますので、海外への普及にも力を入れていきたいとも考えています。

土壌を復活させ、河川をきれいにし、そして海までも……、まさに、地球の環境を守るということに繋がります。

2019年、まずは沖縄の環境資源である海（きれいな海）を守っていこうという「美ら海プロジェクト」をスタートさせます。

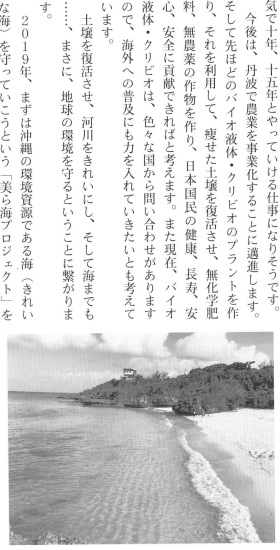

里山は童謡の宝箱

——四季の移ろいと童謡

（季節に歌いたい曲を紹介）

もり・けん

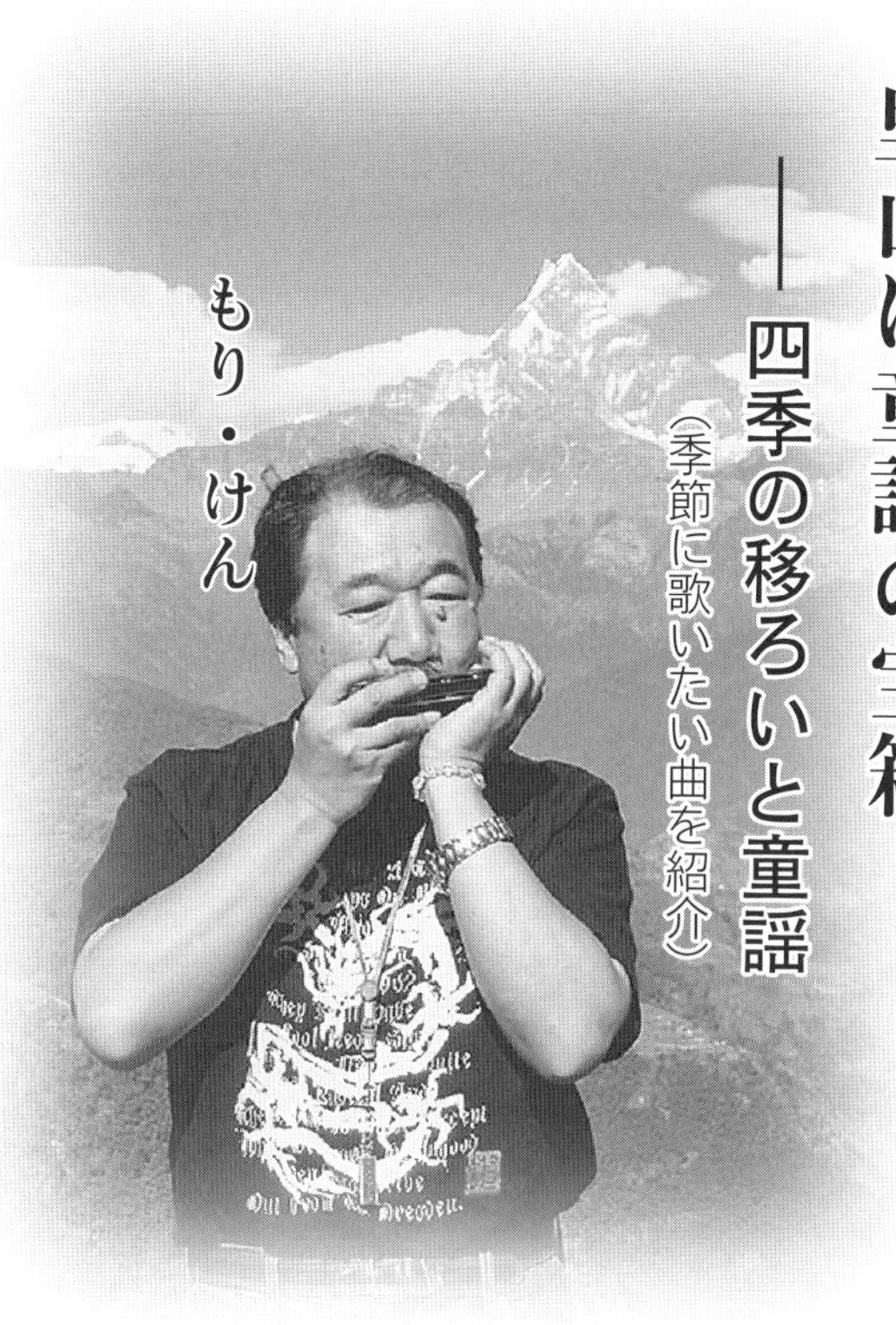

もり・けん
1951年　大阪生まれ。
幼児教育出版社「ひかりのくに」で絵本を編集、モンゴルへの夢を果たすために、43歳で退社「毎日放送」のスタッフとなる。その年、モンゴルに出かけ自然にそっと沿いながら生きる遊牧の暮らしを学び帰国、但東町の日本モンゴル博物館開館行事に関わる。1997年46歳で、もり・けんプランニングを設立。国内外で講演、コンサートを続けモンゴルの正しい理解を訴えている。
日本音楽著作権協会、日本童謡協会正会員、全日本ハーモニカ連盟理事、関西ハーモニカ連盟常任理事、梅花女子大学、帝塚山学院大学、朝日、読売、ヤマハカルチャーセンターなどの講師、元兵庫県ふるさとこうのとり大使（97～07)。著書「ありがとう草原の人たち」「導かれてネパールへ」「日本の童謡」「日本の歌」ほか、絵本「緑の星」「白い馬の物語」「白狐の恩返し」「フフーナムジル」「王様サンタ」ほか多数

序にかえて

里山は童謡の宝箱だと、私は思っています。しかし、私は時々里山に行くことがあるのですが、そこで童謡の歌声は聞こえてきませんね。

なぜでしょう？　童謡にとって主役の子どもが歌えないからなのです。

なぜでしょう？　子どもに伝える人は、親ですが、その親が歌えないからですね。学校や園でも子どもたちに童謡をあまり教えていません。

なぜでしょう？　多くの音楽の先生が歌えないからです。こんな状況になったのは、
なぜでしょう？　子どもに伝えるべき親が歌えないのは、その親、私もそうですが、祖父母の皆さんが教えなかったからです。時間がなかったという言い訳で、さぼってしまったからなのです。

明治の唱歌の時代、大正の童謡の時代から、日本の里山に根付いてきた童謡の伝達をストップさせてしまったのは現在の祖父母たちです。

多くの、祖父母たちは、１００年程前の歌でも、知っていて、歌えるのです。次の曲を見てください。

赤とんぼ（大正10年）、アメフリ（大正14年）、朧月夜（大正3年）、靴が鳴る（大正8年）、鯉のぼり（大正2年）、シャボン玉（大正9年）、どんぐりころころ（大正10年）、春の小川（大正元年）、故郷（大正3年）

これらの歌が作られた年に、皆さんは、まだ生まれていなかったでしょう？　そんな昔にできた歌をあなたは歌えるのです。それは父母、祖父母、学校のおかげですね？

そして皆さんが歌える歌は皆さんにとって、死ぬまで歌える歌となりました。その歌のおかげで、里山の四季や行事と向き合ってこられたのです。若いお母さんや先生を歌えなくしたのは、今の祖父母と言わなければなりません。

多くの心ある、皆さんに、この拙文を読んでいただき、昔を思い出すとともに、この歌たちが、私たち日本人を作ってきたことを思い出してほしいと願っています。

私は、ここ20数年童謡伝道の活動を続けています。皆さんの父母、祖父母はみんな「童謡伝道師」でした。みなさんもぜひ童謡伝道師の道を選んでください。

季節ごとに、歌い継がれてきた童謡たち。街もさることながら、里山から発信して、その渦を街まで届けて欲しいと願っています。

「街から、村から童謡を広めていく原動力を」

歌える人が伝えなければ、童謡たちは死んでしまいます。100年も前から消えずに残っている文化遺産を消すのは大いなる損失だと思います。

季節季節に歌ってきた大切な童謡を忘れてはいけません。その歌たちがあなたを形作ってきましたし、あなたを育ててきたのですから。

四季の移ろいと童謡

その季節に歌いたい曲探しができます。ご利用ください。

一月

1月7日　五節句の最初　人日《じんじつ》

としの　はーじめーの　ためしーとて　おーわりなーきよーの

「一月一日」　明治26年1893・大正2年1913改訂

千家尊福・作詞　上　真行・作曲

たーこー　たーこー　あーがれ　かーぜよく　うーけて
「凧のうた」　明治43年１９１０　作詞・作曲不詳

ななくさ　なずな　とうどのとりが　にほんのくにに～
「七草の歌」　わらべうた
＊七草　せり、なずな、ごぎょう、はこべら、ほとけのざ、すずな、すずしろ

やーまは　しろがねー　あーさひを　あーびーて
「スキー」　昭和18年１９４３
時雨音羽・作詞　平井康三郎・作曲

二月

おにはそと　ふくはうち　ぱらっ　ぱらっ　ぱらっ　ぱらっ
まめの　おと　おには　こっそり　にげていく～
「豆まき」　昭和６年１９３１　絵本唱歌　作詞・作曲不詳

ゆーきや　こんこ　あられや　こんこ　ふっては　ふっては　ずんずん　つもる～
「雪」　明治44年１９１１　尋常小学校唱歌　作詞・作曲不詳

とーもしーびー　ちーかく　きぬぬう　はーはーは　はーるの　あそびの～
「冬の夜」　明治45年１９１２　下村千別・作詞　作曲不詳

あおーげばー　とうとしー　わがーしのーおんー　おしーえの　にわーにも　はや～
「仰げば尊し」　明治17年１９８４　作詞・作曲不詳

いちねんせいに　なったらー　いちねんせいに　なったらー
「一年生になったら」　昭和41年１９６６　まど・みちお・作詞　山本直純・作曲

三月

3月3日　五節句の二　上巳（じょうし・じょうみ）　桃の節句

はーるーはー　なーのーみーのー　かぜーのー　さむさよー　たにーのー　うぐいす～
「早春賦」　大正2年１９１３　吉丸一昌・作詞　中田　章・作曲

どーこーかーでーはーるーがーうまれーてる　どーこーかーでーみずが～
「どこかで春が」　大正12年１９２３　百田宗次・作詞　草川　信・作曲

はーるに　なればー　しがーこも　とーけて　どじょっこだーの～
「どじょっこふなっこ」　昭和11年１９３６　東北地方わらべうた　岡本敏明・作曲

はーるよ　こい　はーやく　こい　あーるきはじめた　みいちゃんが～
「春よ来い」　大正12年１９２３　相馬御風・作詞　弘田龍太郎・作曲

うーめの　こえだで　うぐいすはー　はーるが　きたよと　うたいます～
「うぐいす」　昭和16年１９４１　林　柳波・作詞　井上武士・作曲

あかりを　つけましょ　ぼんぼりに　おはなを　あげましょ　もものはな～
「うれしいひなまつり」　昭和11年１９３６　サトウハチロー・作詞　河村光陽・作曲

いーつの　ことだか　おもいだして　ごーらん　あんなこと　こんなこと～
「思い出のアルバム」　昭和32年１９５７　増子トシ・作詞　本多鉄麿・作曲

なのはーなばたけーに　いりーひ　うすれ　みわたす〜
「朧《おぼろ》月夜」　大正3年1914　文部省唱歌
高野辰之・作詞　岡野貞一・作曲

じゅーごーやー　おーつきさん　ひとりぼち〜
「花かげ」　昭和6年1931
大村主計・作詞　豊田義一・作曲

サーッちゃんーはねー　サーチコって　いうんだ
ほんとーはねー
「サッちゃん」　昭和34年1959
阪田寛夫・作詞　大中　恩・作曲

四月
はーるが　きーたー　はーるがきーた　どこーにーきた〜
「春が来た」　明治43年1910　高野辰之・作詞　岡野貞一・作曲

はーるの　おがわは　さらさら～
「春の小川」　大正元年１９１２　高野辰之・作詞　岡野貞一・作曲

めーだーかーの　がっこうはー　かーわーのーなか～
「めだかの学校」　昭和26年１９５１　茶木　滋・作詞　中田喜直・作曲

ひーよこがねー　おにわで　ぴょこぴょこ　かくれんぼ～
「かわいいかくれんぼ」　昭和26年１９５１　サトウハチロー・作詞　中田喜直・作曲

さーくーらー　さーくーらー　やーよーいーのーそーらーはー
「さくらさくら」　明治21年１８８８　日本古謡　作詞・作曲不詳

はーるのー　うらーらーのー　すーみーだーがーわー　のーぼりーくだーりーのー～
「花」　明治33年１９００　武島羽衣・作詞　滝廉太郎・作曲

こじーかのー　バンビーはー　かわーいいなー　おはながー　におうー～
「小鹿のバンビ」　昭和26年１９５１　坂口　淳・作詞　平岡照章・作曲

うーさーぎー　おーいし　かーのー　やーまー　こーぶーなー
「故郷」　大正3年1914　高野辰之・作詞　岡野貞一・作曲

五月

5月5日　五節句の三　端午（たんご）

はしらーの　きーずは　おととしーのー　ごがついつかのー〜
「背比べ」　大正8年1919　海野　厚・作詞　中山晋平・作曲
やねよーりー　たーかーいー　こいのーぼーりー　おおきいー〜
「こいのぼり」　昭和6年1931　近藤宮子・作詞　作曲不詳
いーらーかーの　なーみーとー　くーもーのーなーみ〜
「鯉のぼり」　大正2年1913　尋常小学校唱歌　作詞・作曲不詳
うーたーをー　わーすれーたー　かーなりやーは　うしろの　やまーに〜
「金糸雀《かなりや》」　大正7・8年1918・1919　西条八十・作詞　成田為三・作曲

からすの　あかちゃん　なぜなくの　こけっこの　おばさんにー～
「からすの赤ちゃん」　昭和16年１９４１　海沼　実・作詞作曲

かーらーすー　なぜ　なくのー　からすは　やーまーにー～
「七つの子」　大正10年１９２１　野口雨情・作詞　本居長世・作曲

おーてーてー　つーないーでー　のーみーちーをー　ゆーけーばー～
「靴が鳴る」　大正８年１９１９　清水かつら・作詞　弘田龍太郎・作曲

ことりは　とっても　うたがすき　かあさん　よぶのも～
「小鳥の歌」　昭和29年１９５４　与田準一・作詞　芥川也寸志・作曲

めえー　めえー　もりのこやぎー　もりのこやぎー　こやぎ　はしれば～
「めえめえ児山羊《こやぎ》」　大正10年１９２１　藤森秀夫・作詞　本居長世・作曲

とーべ　とーべー　とんびー　そーら　たーかーく
「とんび」　大正８年１９１９　葛原しげる・作詞　梁田　貞・作曲

ゆーりかごーの　うーたをー　かーなりやーがー
うーたうよー
「揺籠《ゆりかご》のうた」　大正10年１９２１
北原白秋・作詞　草川　信・作曲

あーかいとーり　こーとーりー　なーぜなーぜー　あかいー
「赤い鳥小鳥」　大正９年１９２０
北原白秋・作詞　成田為三・作曲

おーまきばーはー　みーどーりー　くさーの　うーみー
かぜーが　ふーく〜
「おお牧場は緑」　昭和30年１９５５　中田羽後・作詞
チェコスロバキア民謡

六月
あーめーがー　ふーりまーすー　あーめーがーふーる　あそびに　ゆきたしー〜
「雨」　大正7年・大正10年１９１８・１９２１　北原白秋・作詞　弘田龍太郎・作曲

あめあめ　ふれふれ　かあさんが　じゃのめで　おむかい　うれしいな〜
「アメフリ」　大正14年１９２５　北原白秋・作詞　中山晋平・作曲

あめふーりーおーつきさん　くものーかーげ　およめに　いくときゃ〜
「雨降りお月さん」　大正14年１９２５　野口雨情・作詞　中山晋平・作曲

きーんらーん　どんすのー　おびーしめーなーがらー　はなよめごりょうは〜
「花嫁人形」　大正12年１９２３　蕗谷虹児・作詞　杉山長谷夫・作曲

でーんでーん　むーしむーし　かーたつーむり〜
「かたつむり」　明治44年１９１１　尋常小学唱歌　作詞・作曲不詳

かーえーるーのーうーたーがーきーこーえーてーくーるーよ〜
「かえるの合唱」　昭和22年１９４７　文部省唱歌４年　岡本敏明・作詞　ドイツ民謡

つーきよーのー　たんぼーで　コロロ　コロコロ　コロロ　コロロ
「蛙の笛」　昭和21年１９４６　斎藤信夫・作詞　海沼　實・作曲

おやまに　あーめが　ふりました　あとから　あとから～
「あめふりくまの子」　昭和37年1962　鶴見正夫・作詞　湯山　昭・作曲

てるてるぼうず　てるぼうず　あーした　てんきに　しておくれ～
「てるてるぼうず」　大正10年1921　浅原鏡村・作詞　中山晋平・作曲

なーつも　ちーかづく　はーちじゅうはちや～
「茶摘み」　明治45年1912　尋常小学唱歌　作詞・作曲不詳

ほーたるーの　やーどーはー　かーわばたーやーなーぎー
「蛍」　昭和7年1932　尋常小学唱歌　井上　赳・作詞　下総晥一・作曲

うーの　はなーの　におう　かきねに～　ほーととぎーす　はやも　きなきて
「夏は来ぬ」　明治29年1896　佐佐木信綱・作詞　小山作之助・作曲

七月

7月7日　五節句の四　七夕（しちせき・たなばた）

さーさーのーはー　さーらさらー　のーきーばーにーゆーれーる～
「七夕様」　昭和16年１９４１　権藤はなよ、林　柳波・作詞　下総皖一・作曲

あーかい　べべきた　かーわいい　きんぎょ～
「金魚の昼寝」　大正８年１９１９　鹿島鳴秋・作詞　弘田龍太郎・作曲

しゃーぼんだーま　とんだー　やーねーまーで　とんだ～
「シャボン玉」　大正９年１９２０　野口雨情・作詞　中山晋平・作曲

うーみーはー　ひろいな　おおきいな　つきが　のぼるし　ひがしずむ～
「海」　昭和16年１９４１　文部省唱歌　林　柳波・作詞　井上武士・作曲

あーしーたーはーまーべーをー　さーまーよーえーばー　むーかーしーのー
「浜辺の歌」　大正７年１９１８　林　古渓・作詞　成田為三・作曲

きーらーきーらーひーかーるー　おーそーらーのーほーしーよー
「きらきら星」　制作年不明　武鹿悦子・作詞　フランス民謡

こがねむしーは　かねもちだー　かねぐら　たーてた　くらたてたー～
「黄金虫」　大正12年１９２３　野口雨情・作詞　中山晋平・作曲

八月

まつばーらー　とおくー　きーゆーるーところ　しらほの　かげは　うかぶー～
「海」　大正２年１９１３　尋常小学唱歌　作詞・作曲不詳

かーもーめーの　すいへいさん　ならんだ　すいへいさん～
「かもめの水兵さん」　昭和11年１９３６　武内俊子・作詞　河村光陽・作曲

かわいい　かわいい　さかなやさん　ままごとあそびの　さかなやさん～
「かわいい魚屋さん」　昭和12年１９３７　加藤省吾・作詞　山口保治・作曲

なもしらーぬー　とおきしーまよーりー　なーがれよーる　やしのみ　ひとつ～
「椰子の実」　昭和11年１９２２　島崎藤村・作詞　大中寅二・作曲

九月
9月9日　五節句の五　重陽の節（ちょうよう・菊の節句）

だーれかさんがー　だーれかさんがー　だーれかさんがー　みーつけたー〜
「小さい秋」　昭和30年1955　サトウハチロー・作詞　中田喜直・作曲

とおい　やまかーら　ふいてー　くーる〜
「野菊」　昭和17年1928　初等科音楽一　石森延男・作詞　下総皖一・作曲

やまーだーのー　なーかーの　いっぽんあしのー　かかし〜
「案山子《かかし》」　明治44年1911　尋常小学唱歌　武笠　三・作詞　作曲不詳

しーずかーなー　しーずかなー　さーとのーあーきー〜
「里の秋」　昭和20年1945　斎藤信夫・作詞　海沼　實・作曲

でーたーでーたー　つーきーがー　まあるい　まあるい　まんまるい〜
「月」　明治43年　尋常小学唱歌　作詞・作曲不詳

じゅーごーやー　おーつきさんー　ごきげんさーん
「十五夜お月さん」　大正9年１９２０　野口雨情・作詞　本居長世・作曲

とんぼの　めがねは　みずいろめがねー　あおい　おそらを　とんだからー
「とんぼの眼鏡《めがね》」　昭和24年１９４９　額賀誠志・作詞　平井康三郎・作曲

しょーしょーしょじょじー　しょじょじょじーのー　にーわーはー
「証城寺の狸囃子《たぬきばやし》」　大正13年１９２４　野口雨情・作詞　中山晋平・作曲

あーおいー　つきーよのー　はーまべーにはー　おーやをー　さがーしてー
「浜千鳥」　大正9年１９２０　鹿島鳴秋・作詞　弘田龍太郎・作曲

ぎんぎんぎらぎら　ゆうひがしずむー　ぎんぎんぎらぎら　ひがしずむー
「夕日」　大正10年１９２１　葛原しげる・作詞　室崎琴月・作曲

ゆうやけ　こやけでー　ひがくれてー　やーまの　おてらのー
「夕焼小焼」　大正12年１９２３　中村雨紅・作詞　草川　信・作曲

ゆうやけ　こやけーのー　あかとんぼー　おわれーて　みたのーはー〜
「赤とんぼ」　昭和２年１９２７　三木露風・作詞　山田耕筰・作曲

十月

ただーいちめんにー　たーちーこーめーたー　まきーばのー
「牧場の朝」　昭和７年１９３２　新訂尋常小学唱歌　杉村楚人・作詞　船橋栄吉・作曲

どんぐり　ころころ　どんぶりこ　おいけに　はまって　さあ　たいへん〜
「どんぐりころころ」　大正10年１９２１　青木存義・作詞　梁田　貞・作曲

あーたーまーをー　くーもーのー　うーえにーだーしー
「ふじの山（富士山）」　明治43年１９１０　尋常小学唱歌　巌谷小波・作詞　作曲不詳

十一月

さーぎーりー　きーゆる　みなとえのー　ふねに　しろし　あさのしも
「冬景色」　大正２年１９１３　文部省唱歌　作詞・作曲不詳

かきねの　かきねの　まがりかどー　たきびだ　たきびだ　おちばたき〜
「たき火」　昭和16年１９４１　巽　聖歌・作詞　渡辺　茂・作曲

十二月

こーがらし　とだえーてー　さーゆる　そらより〜
「冬の星座」　昭和22年１９４７　堀内敬三・訳詞　ヘイス・作曲

かあさんが　よなべーをして　てぶくーろ　あんでくれたー〜
「かあさんの歌」　昭和31年１９５６　窪田　聡・作詞作曲

ゆきの　ふるよはー　たのしいぺーチカ〜
「ペチカ」　大正14年１９２５　北原白秋・作詞　山田耕筰・作曲

クリスマス曲

まっかな　おはなーの　となかいさんはー　いつーも　みんなのー
「赤鼻のトナカイ」　昭和24年１９４９　新田宣夫・訳詞　Ｊ・マークス・作曲

あわてんぼうのー　サンタクロースー　クリスマス　まえーに　やってきた
「あわてんぼうのサンタクロース」　平成3年1991　吉岡　治・作詞　小林亜聖・作曲

いーざー　うーたーえー　いーざー　いーわーえー
「いざ歌え　いざ祝え」　制作年不明　讃美歌

きーよーしー　こーのーよーるー　ほーしーはー　ひーかーりー　すーくいーのみーこーは
「きよしこのよる（聖夜）」　昭和6年1931　由木　康・作詞　グルーバー・作曲

ゆきーを　けーりー　のやまーこえてー　すべーりゆくー　かるい　そりー
「ジングルベル」　昭和35年1960　音羽たかし・作詞　ピア・ポント・作曲

もーみのきー　もーみのきー　とわーのみどりをー
「もみの木」　平成10年　もり・けん・作詞　ドイツ民謡

もーろーびとー　こぞーりーてー　むかーえーまーつーれー
「もろびとこぞりて」　制作年不明　作詞、作曲者不明　讃美歌

＊ここで紹介した歌詞は、次の本に載っています。
もり・けん著『日本の童謡』『日本の歌』各５００円＋税　登龍館刊

ついに一揆は不発、2007年「東京百姓一揆ビル」

平野隆彰

ひらの　たかあき
昭和23年千葉県出身。本名：平野智照
平成16年、生涯見習い百姓として西宮市から丹波市へ移住。
㈲あうん社代表取締役。
平成26年より「手のひらの宇宙BOOKｓ」発刊開始（現在20号）。
著書『シャープを創った男　早川徳次伝』、『穴太の石積』『桜沢如一。百年の夢。』、『僧侶入門』など。

アンケートの声から「田舎ｄｅ起業研究会」発足

「十年ひと昔」というけれど、近年の十年は、普段は忘却のかなたの過去のようである。まして平成が間もなく幕を閉じる今となればなおさらに……。

さて、ひと昔前の私は、「農業と田舎の問題」にもっと熱い思いをもっていた。その思いを形にしたのが、「たんば・田舎暮らしフォーラム実行委員会」（06年）であり、「田舎ｄｅ起業研究会」（07年）という任意団体である。

前者では、丹波へのＵターン・Ｉターンの人たち（13人）に呼びかけ、委員長には小森星児先生（元神戸商科大学教授）、副委員長には小田晋作氏（当時・丹波新聞社長）、そして発起人の私は事務局長。大阪・神戸・西宮・尼崎・宝塚市内の会場を借りて、毎年1、2回フォーラムを開いた。六回目は地元丹波で開き、その成果は延べ千数百人の動員数。それなりの成果・目的を果たして、予定どおり4年後にフォーラムは自然解散した。

後者（田舎ｄｅ起業研究会）が発足したのは、フォーラムの開催と無関係ではない。というのは、フォーラムに参加した人たちのアンケートを集計すると、「仕事さえ見つかれば田舎に住み

たい」「自然の豊かな田舎で子育てしたい」という回答が、少なからず見られたからだ。フォーラム参加者は50～60歳代が圧倒的に多かったが、２割ほどいた若い世代の声が、そうしたアンケートの声だった。常々「田舎は最高」という私は、これは切なる声だと感じた。

当時私は、社団法人関西ニュービジネス協議会（ＮＢＫ）の会員だったので、同会兵庫ブロックの会員有志十数人に呼びかけて（アンケートのことを話し）、田舎ｄｅ起業研究会を立ち上げることとなった。その代表には、神戸の某有力企業の社長になっていただき、発起人の私は世話人となった。ちなみに「ｄｅ」というのは、新しい計画・デザインの「Ｄ」、そして「Ｅ」は新たな仕事・雇用（Employment）を地域に生み出そうという意味。

すなわち田舎での起業の後押しといったことが主な趣旨だったが、研究会を十数回、田舎体験のツーリズムを数回など、たいした活動はできなかった。そんな中で、今となっては自ら笑って思い出されるのが「東京百姓一揆」である。

『夏のビッグイベント』シンポジウムで発表

毎年真夏の終わりころに、『夏のビッグイベント』というのがホテルオークラ神戸で開催されている。主催は、ＮＢＫと社団法人兵庫工業会の両団体で、神戸ベンチャー研究会が事業共催と名を連ねている。三団体の動員力により、来場者は延べ五百人をこえるほどの大きなイベントである。

「田舎ｄｅ起業研究会」はＮＢＫに属する任意団体ということで、２００７年と２００８年、このイベントのプログラムのひとつとして「地域活性化シンポジウム」を開くことになった。世話人の私はシンポジウムのコーディネーターとして、数人のパネラーに登壇していただきパネルディスカッションをした。

パワーポイントで制作した「東京百姓一揆」を、壇上のスクリーンで発表したのは２００７年のシンポジウムのときである。

時間にして十分足らずの映像を観終わった観客の顔を見回して、私は正直がっかりした。まるで反応がなく、会場全体がシラ～ッとなっていたからだ。どういう反応をしたものか戸惑っているのかもしれないが、お前はいったい何を言いたいのかという冷淡さや無関心さにも感じられた。一人よがりの〝悪乗り〟と見られたのかもしれない。この映像について私は一言の解説もしなかったが、要するにこういうことである。

競争の激しい企業社会が効率や合理化を追い求めるのは、ある意味、人間の宿業ではあるけれど、農業にその論理ばかりを持ち込んでは立ち行けるはずがない。このままでは日本の農業、ひいては田舎が衰退する一方だ。企業社会・都会の人たちに農業をもっと応援、協力してほしい。

「日本の農業・田舎社会衰退し、ぺんぺん草に覆われた山河あり」。

あなた方はもっとそれを認識すべきだ。このことをわかってもらえないのならやむを得ない、東京のど真ん中、羽田空港の近くで超効率的な農業生産が効率的にできる複合ビルを建てるしかない。全国の百姓が金を出して10兆円の一揆ビルを建設します、というのが「東京百姓一揆」な

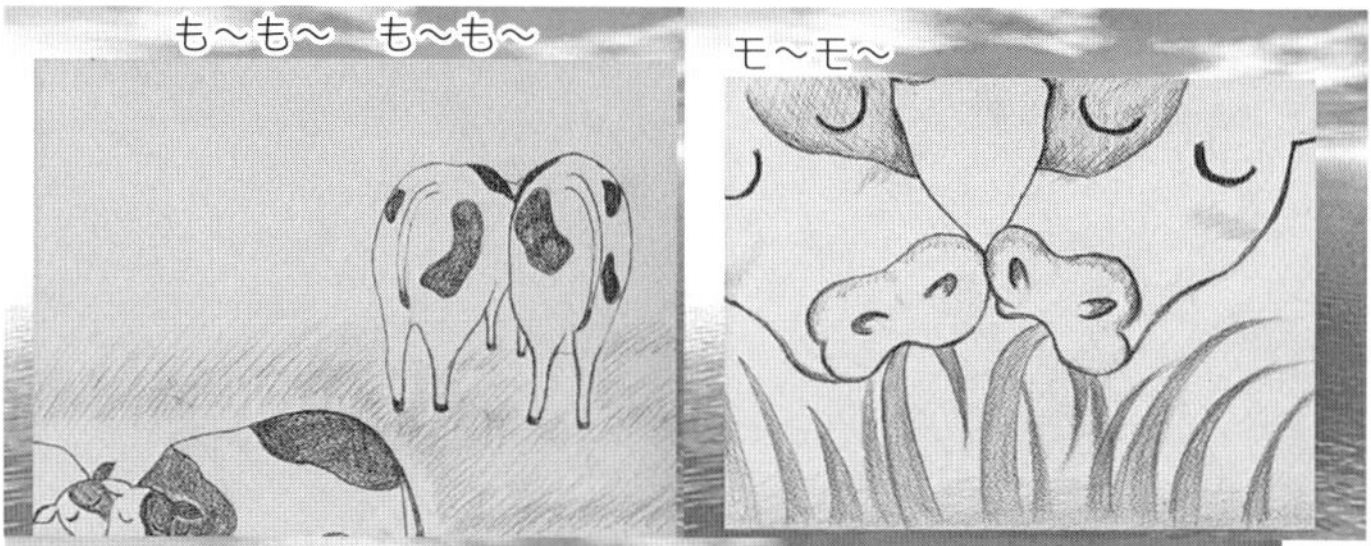

のだ。完成予定は２０１７年とあるから、一揆は見事不発に終わったが……。しかしこれも私のなかでは、小さな歴史物語にはちがいない。

180階建て丸ビル。
その高さは750メートル

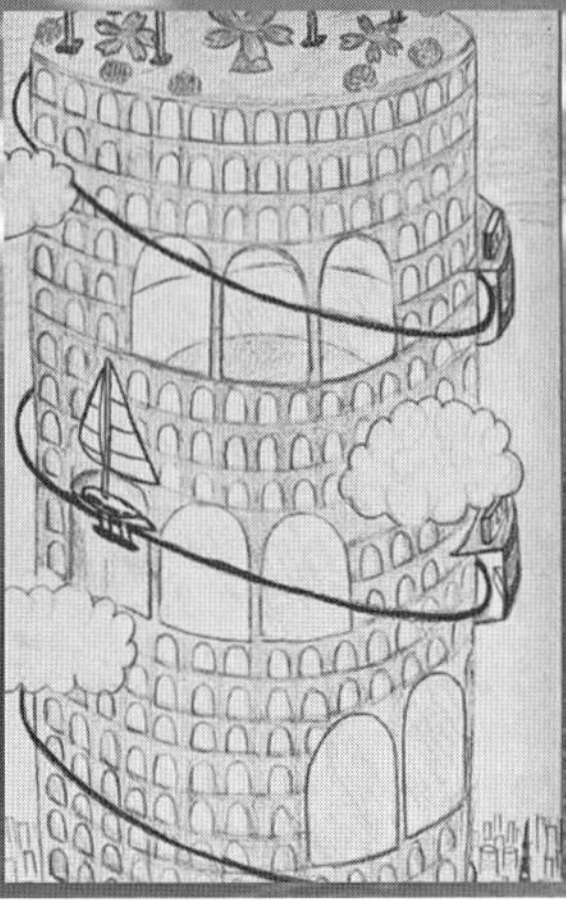

ビルの屋上。このビルの電力需要は、
太陽光発電・風力発電・海流発電・
バイオ発電によってまかなっています。

写真提供/ノヴァ研究所

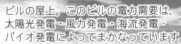

丸ビルの１階～10階では
米を作っています。

23階のトマト畑です。
有機栽培、水耕栽培などによる全自動システム。
写真提供/株式会社エネックス（清水幹治氏）

11階～15階は麦畑、16階～18階は
大豆畑、19階は大根畑、20階は
じゃがいも、21階はねぎ畑
11階～80階までの間で季節野菜
を生産し、ニワトリ、ブタなど
の家畜も飼育しています。

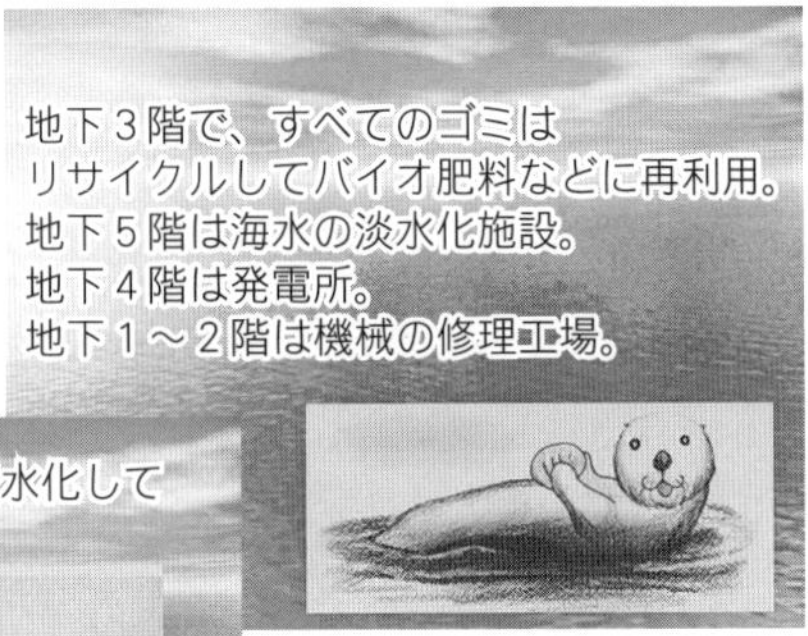
地下３階で、すべてのゴミは
リサイクルしてバイオ肥料などに再利用。
地下５階は海水の淡水化施設。
地下４階は発電所。
地下１～２階は機械の修理工場。

水は、東京湾の海水を淡水化して
います。

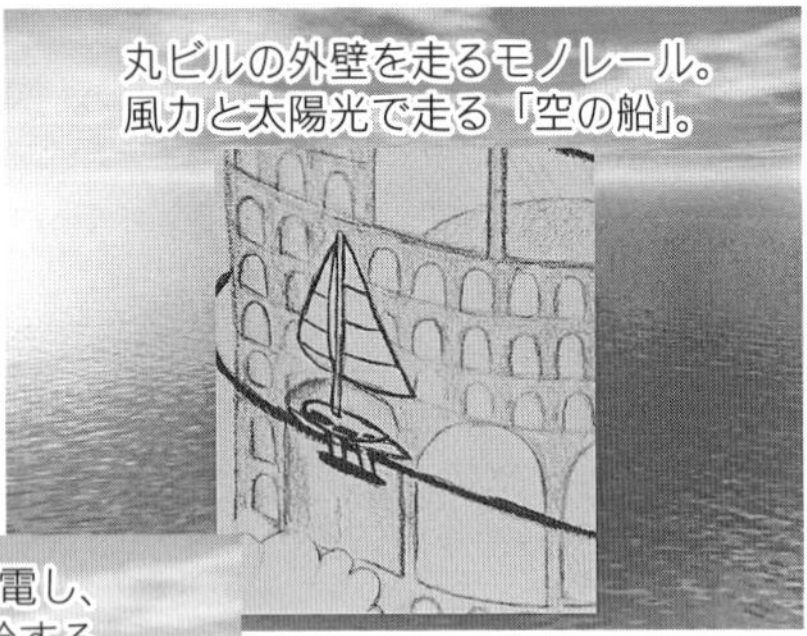
丸ビルの外壁を走るモノレール。
風力と太陽光で走る「空の船」。

「空の船」は走りながら発電し、
その余剰電力をビルに供給する。

写真提供／ノヴァ研究所

81階～83階まで学校。
保育所や小学校、大学まであります。

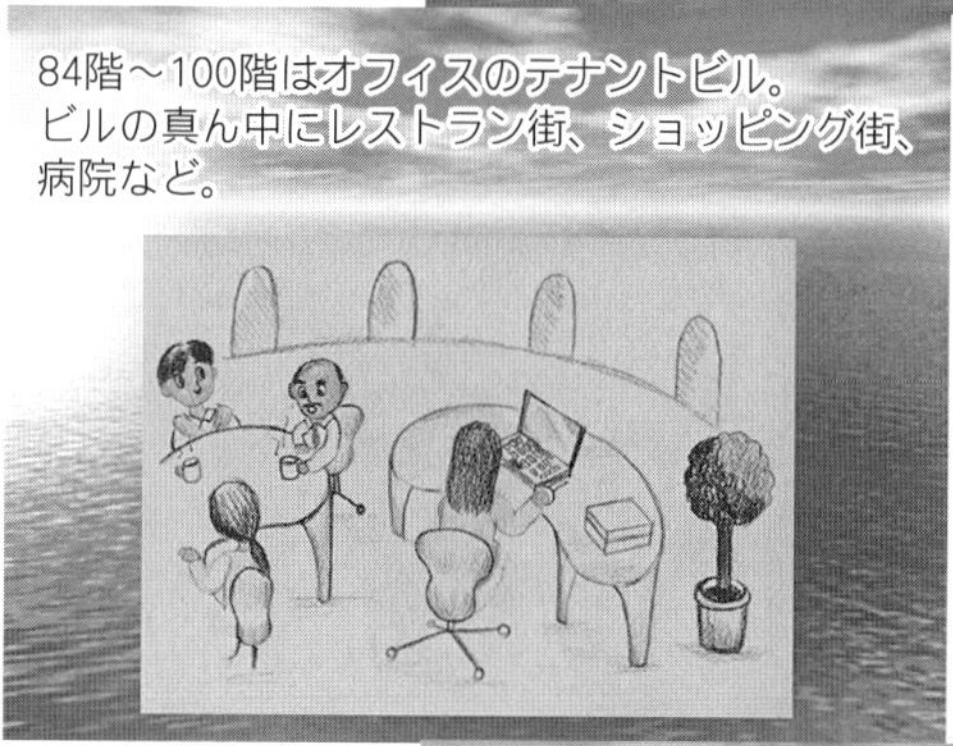
84階～100階はオフィスのテナントビル。
ビルの真ん中にレストラン街、ショッピング街、
病院など。

101階～180階までが住居。
ビルの円周はマンションになっています。
ビルの中央にはスポーツセンターや
野球場、サッカー場まであります。

食料、水、電力、エネルギー
完全自給。人口5万人

東京湾埋め立て・地盤強化工事
総監督　ゴジラ組

建　設
予定地

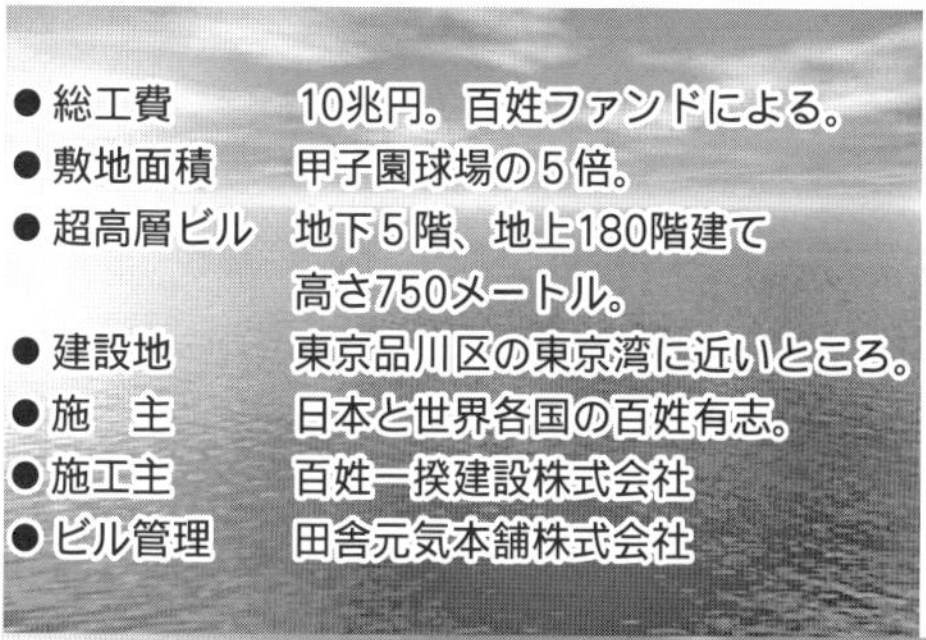
● 総工費 10兆円。百姓ファンドによる。
● 敷地面積 甲子園球場の５倍。
● 超高層ビル 地下５階、地上180階建て
高さ750メートル。
● 建設地 東京品川区の東京湾に近いところ。
● 施　主 日本と世界各国の百姓有志。
● 施工主 百姓一揆建設株式会社
● ビル管理 田舎元気本舗株式会社

東京百姓一揆ビル
完成予定　2017 年

企画構成　有限会社 あうん社
制　作　みやざき　あゆみ
2007年8月5日

農業・田舎への思いは変わらない

「当事者意識」という言葉がある。人にはそれぞれの思いや立場や環境の中で、精一杯生きている。

そうした違いを乗り越えて理解しあうのが人間社会の理想ではあるけれど、自分とはまったく違う環境にある人の「当事者」になりきることは不可能だ。協力や支援は多少できても、「当事者意識そのもの」にはなりきれない。それでもなれるというのは観念にすぎない。だからお互いの立場や違い（多様性）を認め合って、できる範囲で協力しあうしかない……。そんなことをつらつら想うと、私のなかでも少しずつ、「農業と田舎の問題」に対しての熱い思いがしだいに薄れていくのを禁じ得なかった。

とはいえ、「田舎は最高」「丹波は極楽」という気持ちは、丹波に移住した十五年前とまったく変わっていないし、半農半X的な週末農業はライフワークとして続けている。

2019年初日の出　黒井城の雲海

せめてそういう思いを形に残していこうと四年前に始めたのが、『食と農と里山』シリーズなのである。これからも私は自分の立場・仕事の上で、情報発信を続けていこうと思っている。

『田舎は最高』平野隆彰＋荻野祐一 共著（今井出版）2007年８月発行
丹波市・篠山にＩターンし24人を取材して丹波新聞に連載した記事をベースに編集。
共著者は現丹波新聞社長

食と農と里山 Vol.4 執筆者一覧(掲載順)

P	執筆者	住所	会社・団体/TEL/メールアドレスなど
5〜13	アダメック一美	カナダ、ビクトリア在住	kazumiadamek@hotmail.com
15〜27	今井和夫	〒671-3211 兵庫県宍粟市 千種町岩野辺1065	いまい農場 090-9610-2511 0790-76-2618 tamago@imaifarm.jp
29〜40	江川永里子	〒534-0024 大阪市豊島区 東野田町4丁目15-20	東野田ちどり保育園 総合園長 090-8145-8733 hoiku-h@chidori.or.jp
41〜58	川原嵩信	〒899-8601 鹿児島県曽於市 末吉町岩崎6795-4	携帯080-5206-7706 e-mail : info@satellitesinc.jp
59〜69	木村幸雄	〒532-0026 大阪市淀川区 塚本6丁目5番15号	090-4563-9737/06-6309-8485 yukky1364@yahoo.co.jp
71〜82	桐生敏明	〒635-0823 奈良県北葛城郡 広陵町三吉345-14	編集工房DEP TEL0745-54-1218 dep1948@zeus.eonet.ne.jp
83〜93	笹川一太郎	〒669-4131 兵庫県丹波市 春日町七日市117	一般社団法人丹波ドローンスクール 0795-74-0804 090-6554-5471 Facebook丹波ドローンスクール
95〜108	清水谷茂秀	兵庫県・西宮から三田方面に移転準備中	NPO法人ベル TEL090-8169-1982 chikuma_p@ybb.ne.jp
109〜129	鈴木靜夫	〒300-1273 茨城県つくば市 ト岩崎1041-1	㈱ベルファーム 029-876-7731 https : //www.bellfarm.co.jp
131〜141	近兼拓史	〒662-0916 兵庫県西宮市戸田町5-31 セレニテ西宮一番館2F	㈲ダカーポ 0798-22-0913 laluz@uranus.dti.ne.jp
143〜157	辻井博	〒612-0832 京都市伏見区 深草大亀谷東安信町104-1	携帯090-5896-5563 tsujii@ishikawa-pu.ac.jp
159〜171	東間徴	兵庫県丹波市氷上町北油良390-1	携帯090-1912-0857 touma@tamba.tv
173〜194	野花志郎	〒669-4124 兵庫県丹波市 春日町野上野731-3	携帯090-4499-5048 Facebook 丹波王国
195〜204	婦木克則	〒669-4132 兵庫県丹波市 春日町野村83	婦木農園 0795-74-0820 090-7358-5083 info@fukifarm.com
205〜214	細見眞也	〒669-4261 兵庫県丹波市 春日町野瀬311	真楽園 携帯090-2067-1114 TEL0795-751114 Facebook真楽園
215〜226	増田和彦	〒669-4125 兵庫県丹波市 春日町多田153-1	㈱リリーフ・アシスト 06-6424-2667㈹ 080-6653-1023 masuda@relief-assist.com
227〜248	もり・けん	〒530-0037 大阪市北区松ヶ枝町6-12 西栄ビル2F	もり・けんプランニング 06-6352-8018 moriken1997@gmail.com
249〜261	平野隆彰	〒669-4124 兵庫県丹波市 春日町野上野21	㈲あうん社 TEL0795-70-3232 ahum@peace.ocn.ne.jp

手のひらの宇宙BooKs®シリーズ

＜既刊本のご紹介＞

2014年10月１日に第１号を発行して以来、2019年３月までに第20号まで発行しています。アマゾンや書店で注文できます（ただし在庫のない本もあります）。詳しくはあうん社のホームページで。　ahumsya.com

[第20号]

起業の鉄則塾

監修:小林宏至　編集:記念誌発行委員会
2019年３月10日発行

[第19号]

一念一途に 三つ子の魂・花ひらく

吉 川 靜 雄 著
定価：本体 1,300円＋税
2018年12月７日　初版
2019年３月10日　２刷発行

[第18号]

手のひらの宇宙 No. 7

17の手のひらの宇宙・人 著　平野智照 編
2017年12月５日 発行

[第17号]

マザーテレサ 夢の祈り
―― 看取り士20人の想いと願い

柴田久美子 編著
定価：本体1,500円＋税／2017年９月10日 発行

シャープを創った男 早川徳次伝
―― 合本復刻『わらく』

平 野 隆 彰 著　単行本408ページ
[第16号] 並製本（普及版）／定価：本体2,000円＋税
2017年８月17日 発行
[第15号] 上製本（永久保存版）／定価：本体2,400円＋税
2017年８月15日 発行

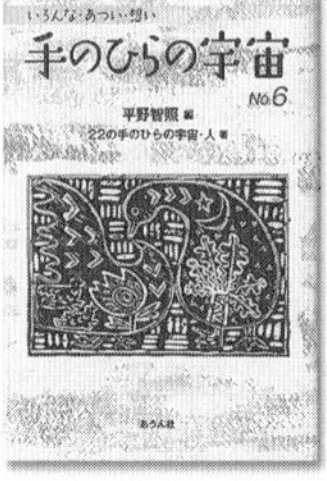

[第14号]

手のひらの宇宙 No. 6

24の手のひらの宇宙・人 著
2017年４月25日 発行（在庫なし）

[第13号]

あの世へゆく準備 Vol.1

平野智照 編 24の手のひらの宇宙・人 著
単行本272ページ／定価：本体1,400円＋税
2017年３月５日 発行

[第12号] 祈る医師　祈らない医師
ホリスティック医療の明日へ
要　明雄 著
単行本272ページ／上製本　定価:本体 1,800円＋税
2017年２月15日 発行

[第11号] 企業支援にかけるシニアの情熱
認定NPO法人産業人ＯＢネット 編
2016年９月29日 発行

[第10号] 手のひらの宇宙 No.５
24人の手のひらの宇宙・人 著
2016年７月10日 発行（在庫なし）

[第９号] おぉ、丹波よ！TAMBA
丹波市商工会編 編　丹波新聞社企画制作
2016年３月21日 発行

[第８号] ミロクの世明け
青山典生 著
単行本256ページ／定価:本体 1,500円＋税
2016年３月５日 発行

[第７号] 手のひらの宇宙 No.４
自ろん公ろん無ろんVol.3　食と農と里山Vol.3
23人の手のひらの宇宙・人 著
2015年10月10日 発行

[第６号] 問わずにはいられない
―― 学校事故・事件の現場から
田原圭子 編　21人の被害者家族 著
2015年９月25日 発行（在庫なし）

[第５号] 食と農と里山 Vol.2
23人の手のひらの宇宙・人 著
2015年５月１日 発行

[第４号] いのちの妙用
最明寺 明星坐禅会30周年記念
大槻覚心 編著
2015年４月18日 発行

[第３号] 手のひらの宇宙 No.２
自ろん公ろん無ろんVol.2　縁とルーツVol.1
24の手のひらの宇宙・人 著
2015年４月10日 発行

[第２号] 丹波発食と農と里山 Vol.１
26の手のひらの宇宙・人 著
2014年11月11日 発行

[第１号] 手のひらの宇宙BOOKs 創刊号
手のひらの宇宙No.0　自ろん公ろん無ろんVol.1
24の手のひらの宇宙・人 著
2014年10月１日 発行

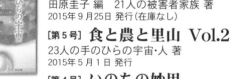

あとがき

表紙カバーの写真は、稲畑式三番叟《さんばそう》の演者の一人で黒式尉《こくしきじょう》という。丹波市氷上町稲畑の「奴々伎《ぬぬぎ》神社」で催される秋祭の舞台だ。この写真は２０１５年10月11日、私の依頼に応じて松井哲造さんが撮ったもので、演者は当時中学一年生の芦田誠君。

私が初めて稲畑式三番叟を観たのは、西宮から丹波に移住した翌年（２００５）のことだった。何の予備知識もなくこれを観て、心にじんわり染み入る感動をうけ、翌年秋（10月11日）にも観に行った。古代の神々と人とが交わる生命の躍動と祈り、おごそかな清々しい空気が神社境内を包みこむ。都会の新しく派手やかな祭イベントとは違い、格式の高い伝統芸能として代々伝えられてきたことが何よりも素晴らしい。

「三番叟」は、翁・千歳・三番叟（黒式尉と称する）という三役が舞台に登場し、囃し方・地謡後見役等の音曲に合わせて舞いを演じる。詳しくは知らないが、能（申楽）の狂言演目として確立した天下泰平・国土安全・五穀豊穣を祈願する儀式が、江戸時代の中頃、農村に伝承されたようだ。

翁は、動いているのかいないのかわからいほど超スローモーションの所作が続く。静かな動きだが身体をひねった姿勢で、しかも能面をかぶって立ち続けるのはよほど足腰を鍛えておかないと難しいだろう。千歳の可愛らしい仕草や口上のあと、三番叟（黒式尉）が鈴を鳴らしながらゆっくりと動いたり跳躍したり、舞台いっぱいに舞う（わが子の晴れ舞に、祖父母や親の涙腺はゆるむだろうと想像する）。能面をかぶった翁と黒式尉はとくに相当な訓練が必要だろうと思っていたら、秋祭りのわずか二カ月ほど前に演者が選ばれて特訓がはじまると聞いておどろいた。

稲畑式三番叟の翁（奴々伎神社）2006年秋

翁（白色面）には青年、千歳（素顔）は小学低学年、鈴をもって踏む三番叟（黒面）には小学校5年～中学生が当たるという。しかし少子化のため、演者を当てるのが難しくなっている。丹波には他にも青垣町と氷上町新庄に三番叟が伝えられているが、いずれの集落でも事情は同じである。演者は氏子の男子のみだが、このままでは伝承が途絶えかねないと危機感をもつ集落もある。

翁・千歳・三番叟は、人間の一生あるいは三世代を象徴する物語という見方もできるが、農村社会のなかでは冬（翁）から始まり秋の収穫までの季節の巡りとして見ることもできるだろう。つまり、翁・千歳・三番叟の演者は複数でも三位一体で切り離せないものなのである。同じように、「食と農と里山（環境）」も切り離せないものだと思うし、表紙に三番叟の写真を使用したわけはそこにある。執筆者18人それぞれの活動は違っても、食と農と里山への熱い思いは同じ（一体）ではないだろうか。

稲畑式三番叟（奴々伎神社）2006年秋

さて、平成時代もあと二カ月足らず（新元号の発表は4月初め）。不思議なもので日本人は元号が変わることで、また気持ちを新たに脱皮しようとする世界にも希な民族のようである。実際のところ日々の暮らしが大きく変わるわけではないけれど、「新時代」の区切りに出会えることは有難いことかもしれない。

そんな気持ちが私にもはたらいたのか、昨年の春頃、『手のひらの宇宙的　新ニッポン風土記』という本を、こんなキャッチコピーで企画した。

――人生は物語である。歴史は物語である。この宇宙そのものが物語である。それらを総じて「風土記」と称す。

要は、人はそれぞれ人生の主人公であり物語（歴史）があるということであり、百年後にはこの時代の風土記にもなるだろう。元号が変わったその月にＶＯＬ．１を出版する予定である。

もうひとつ、私のなかで新しい芽が息吹きだした。

今年の正月5日、私は平家物語の維盛（清盛の嫡孫）の取材のため、友人と二人で屋島古戦場を訪ねた。その後、小豆島の友人も加えて三人で『草枕夢想句会』を立ち上げた。

——俳句、自由律俳句、川柳、短歌などなんでもＯＫとする句会です。句友の作品を決してけなさないことを第１ルールとします。師匠はおらず「我以外みな師」をモットーとし、句を作らない人も歓迎です。

右のような会則主旨で、Ｆａｃｅｂｏｏｋの公開グループとして早速開始した。会則どおりの自由解放区ですから、興味のあるかたは恥ずかしがらず、どしどし作品を投稿してください。お待ちしています。

たかが千年　想えば近し　平家も月も

風寒しうぐいすの初音を祝うかな

平成の名残惜しむや梅一輪

平成三十一年三月三日

平野智照（隆彰）

手のひらの宇宙ＢＯＯＫs®第21号

食と農と里山 Vol.4

発行日　2019年4月3日　初版第１刷

著　　　者　18の手のひらの宇宙・人
編集発行人　平野　智照
発　行　所　㈲あうん社
〒669-4124 丹波市春日町野上野２１
TEL(0795)70－3232　FAX70－3200
URL http://ahumsha.com
Email:ahum@peace.ocn.ne.jp

製作 ● ㈱丹波新聞社
装丁 ● クリエイティブ・コンセプト
印刷・製本所 ● ㈱遊文舎

ISBN978-4-908115-19-6　C0095
＊定価はカバーに表示しています。